Abuso de confianza

Philip J. Tate
Abuso de confianza

Todos los derechos reservados
Derechos de autor © 2025 por Philip J. Tate

Ninguna parte de esta publicación puede ser reproducida, distribuida o transmitida en ninguna forma ni por ningún medio, incluidos fotocopias, grabaciones u otros métodos electrónicos o mecánicos, sin el permiso previo por escrito del editor, excepto en el caso de citas breves incorporadas en reseñas críticas y ciertos otros usos no comerciales permitidos por la ley de derechos de autor.

—

Publicado por - Spines
ISBN: 979-8-89691-536-2

Este libro es una obra de ficción. Todos los personajes, lugares y eventos retratados son productos de la imaginación del autor. Cualquier parecido con personas reales, vivas o muertas, o eventos reales es pura coincidencia. Las opiniones expresadas en esta obra son las de los personajes ficticios y no reflejan necesariamente las del autor o cualquier persona real.

Abuso de confianza

Philip J. Tate

Este libro está dedicado
a Sharon McKinney Godfrey
Por el trabajo de 59
años de asociación
con mi familia

Secesión en Asheville

Era a principios de invierno, justo antes de Navidad en Asheville, en 1860, y las hojas de las montañas de la ciudad volaban entre los edificios en la calle mientras el viento creaba un túnel de fuerza al soplar entre los edificios, de modo tal que intensificaba la velocidad y el frío y todo. El sol brillaba a través de nubes que se movían debajo, y se veían parches de azul. Cuando Susan salió a la calle con su largo cabello ondeando al viento, se protegió la cara con su bufanda, y aunque tenía un buen abrigo, apretó sus brazos contra el pecho para resguardarse del frío. Tenía un recado para el banco en una oficina legal en una pequeña calle lateral, y no tomaría mucho tiempo pero era de suma importancia. Las cosas estaban por cambiar. La política entre el Norte y el Sur se había fracturado. Ahora los abogados con cajas fuertes guardaban para los bancos, almacenando su oro de manera privada para cuando llegara la secesión y cambiara la moneda.

Susan se apresuró a la oficina con la nota: Solo tenía una hora. Pero era una hora importante, porque era el momento en que el oro se transferiría en la oscuridad de la noche a la oficina legal bajo la guardia y en una sola carga. No debía haber idas y venidas ni carga doble. Todo debía hacerse de una vez. Susan sostenía la nota en su puño enguantado con todas sus fuerzas y corría. Eran alrededor de las 2:00 de la tarde, y debido al viento, no había mucha gente moviéndose en la calle. Sin embargo, de haber habido, Susan habría llamado la atención, ya que probablemente era la banquera de 27 años más bonita del oeste de Carolina del Norte.

Ahora Susan llegó a la pequeña oficina legal oscura ocupada por Johnson, Wipple, Taylor y Young. Este era el bufete de abogados más antiguo de Asheville y trataba con bancos y clientes privados de manera muy discreta y confidencial. No había pan de oro en la ventana. Ni siquiera una placa. Uno tendría que ser presentado a la firma a través de una referencia personal y luego ser evaluado para la representación. Una vez comprometidos, los abogados de la firma trabajaban en equipo en el caso hasta lograr el éxito. En silencio y sin fanfarrias, Susan entró y la señorita Fanny, la recepcionista, la recibió de manera amigable y profesional y la condujo a la oficina de Alan Johnson, Esq. Socio senior de la firma. El abogado Johnson, vestido de punta en blanco al igual que todos los abogados prósperos, saludó a Susan y retiró una silla para que ella se sentara y se calentara cerca de la estufa calefactora. Johnson podía apreciar la belleza cuando la veía y reconoció a Susan, dándole tiempo para relajarse un momento. Susan le entregó la nota. Enero 15th, 1861, 2:00 am, decía. Él ya conocía la hora. Johnson le ofreció a Susan un té con miel y galletas para refrescarse, lo cual ella aceptó con gusto, y tuvieron una pequeña charla mientras ella se refrescaba. Susan venía de una familia establecida pre-revolucionaria en Asheville. Su apellido era Jackson, y su padre negociaba en bienes raíces y segundas hipotecas y tenía acciones en los bancos locales en ese momento. En resumen, Susan tenía cierta influencia, había sido una debutante y era bien considerada. Una vez recuperada, Susan agradeció al Sr. Johnson y dijo que era mejor volver al banco. Se despidió de la señorita Fanny y abrió la puerta para regresar al banco, el viento helado le golpeaba la cara.

El banco estaba ocupado cuando Susan entró por el vestíbulo y fue a la oficina del Presidente, Eunicile Webster. Simplemente dijo: "Está hecho", y regresó a su oficina, se sirvió una taza de café e intentó respirar y calentarse antes de tener que comenzar a equilibrar el trabajo de la mañana de los cajeros. "Oh sí, hoy es 2 de noviembre", pensó mientras saboreaba el café y se organizaba para comenzar a equilibrar. Esta noche, en la iglesia, era la práctica del coro y, con suerte, un postre con Paul, su novio de seis años. Paul era un ayudante del sheriff que había estado en la fuerza desde que tenía 18 años y, a los 29, ahora se estaba poniendo inquieto por pastos más verdes: posiblemente la Oficina Estatal, pero con los rumores de secesión y la incertidumbre de la Administración Estatal, bien podría desear los Texas Rangers. El futuro parecía bastante oscuro. "¿Qué tipo de gobierno tendremos?" se preguntó... ¿será la hora del amateur o un grupo de profesionales? Difícil de decir." Paul recordó que tenía una cita de postre y café con Susan, y dejó de pensar en la política del Estado y mucho más por el día.

Mientras tanto, la charla barata de sonajeros de sable era rampante en Charleston y Columbia, Carolina del Sur. Lincoln había enviado tropas a Fort Sumpter y los sureños enfurecidos se estaban preparando para una pelea. Mientras tanto, los que estaban enterados en Asheville y en todo el sureste, por decirlo de alguna manera, se estaban preparando para proteger su riqueza, y los días marchaban hasta que se convirtió en la noche del 15 de enero, 1861.

Susan en realidad había olvidado que este era el día para lo que sea que el Presidente Webster estaba haciendo en la oficina de abogados hoy. Susan equilibró su trabajo, y el personal se fue, y el Sr. Webster dijo que se quedaría, pues tenía trabajo que hacer y cerraría la bóveda. Así que se marchó el personal del banco, incluida Susan. La única luz que quedaba encendida en el banco era la de la oficina de Webster, y había una lámpara en una mesa junto a la puerta principal.

Exactamente a las 2:00 AM, un equipo llegó con un pesado carro a la puerta lateral del banco, y cinco hombres entraron por la puerta sin cerrar, se encontraron con Webster y comenzaron a sacar grandes bolsas de monedas de oro de la bóveda mientras otros hombres reemplazaban las bolsas idénticas por monedas de metal barato en su lugar.

Moviéndose en silencio y rápidamente, el carro recorrió la cuadra y media y giró a la izquierda hacia la puerta trasera de la oficina de abogados, donde el Sr. Johnson los recibió y los condujo a la gran caja fuerte de doble puerta donde depositaron el oro. Estos hombres fueron pagados por sus problemas no en oro sino en dólares y luego se les dijo que desaparecieran. El Sr. Johnson cerró la cerradura y caminó a casa cruzando el puente hacia Flint Street. La gente común de Asheville dormía, sin saber que el capital había sido movido. Pero ciertas personas adineradas lo sabían. No pasó una semana antes de que Carolina del Sur disparara a Ft. Sumter y anunciara entonces el Voto de Sucesión. Otros estados siguieron.

Justo después, a través de las montañas occidentales, un solo carro tirado por pesados bueyes penetró Soco Gap. Su carga fue cargada en una barcaza en el río y flotada hacia una cueva húmeda solo conocida por el abogado Johnson y un guerrero Cherokee Sewakahony. El carro fue desmantelado para leña y el oro fue enterrado en la cueva profunda. El indio caminó río arriba y cruzó en el primer vado. El silencio ahora sería dorado. El oro estaba asegurado, al menos por ahora.

De la confederación surgió del polvo de las batallas templadas, y el rumor de guerra resonaba. Una nueva moneda fue impresa en el Banco de Asheville. Suzie participó en la administración de la transferencia, y el papel respaldado por metal barato era lo habitual del día para el banco más popular de Asheville. No sería una sorpresa para nadie que el padre de Susan, el Sr. Stanford Jackson, fuera director del Banco de Asheville y fuera cliente de la firma de abogados Johnson, Wipple, Taylor, y Young. Él y los miembros de la firma compraban y vendían bienes raíces juntos. Financiar sus tratos a través del banco es típico de las actividades de los pueblos pequeños del sur.

La pregunta era, ¿quién sabía sobre esta transferencia de oro? Webster, Johnson, el conductor del carro, el indio Sewakahony. ¿Sabía el padre de Susan, Stanford Jackson, o alguno de los directores? ¿Fue esta una movida aprobada o un desfalco por parte del Presidente del Banco Webster y el abogado Johnson? Seguramente, habría sido prudente proteger el oro, considerando todas las conversaciones de guerra. Pero ¿bajo qué autorización, si es que había alguna? El hecho era que Johnson, Wipple, Taylor y Young no eran los abogados representantes del banco. ¿Quién estaba detrás de esto? Solo el tiempo lo diría.

Mientras tanto, las conversaciones sobre la guerra se intensificaron. La gente comenzó a acumular alimentos y otros suministros. No estaba llegando tanta moneda de oro al banco del público, ya que la estaban escondiendo en otros lugares. Los precios comenzaron a subir en productos relacionados con el transporte, caballos, carretas, arreos, alimento y zapatos tanto para el hombre como para el animal. En las organizaciones cívicas, los hombres hablaban de la política de la sucesión, y se establecieron milicias informalmente incluso antes de que llegaran las noticias de la guerra. Pero finalmente, los impulsivos carolinianos del sur se fijaron en Fort Sumter, y todo comenzó. Asheville dejó de parecer que era la pequeña ciudad que era y tomó un respiro. Los predicadores oraron y los financistas de alto rango estaban mirando mucho más allá para proteger sus fortunas y ganar dinero donde pudieran con el conflicto por venir. En todo esto, Susan, aunque ansiosa, se mantuvo enfocada, por así decirlo, en el banco. Los Jackson tenían propiedades de alquiler comercial por toda la zona de Asheville y desde Black Mountain hasta Waynesville, y su interés no solo estaba en bienes raíces comerciales, sino también en tierras agrícolas, madera y minería de cobre. Y sí, la familia tenía esclavos para trabajar en todas estas propiedades, agricultura, tala de madera y minería. El hecho era que los Jackson probablemente poseían el tercio superior de los esclavos en la región. Estaban bien alojados y alimentados y no eran drogados ni golpeados. Se empleaban para su sustento. Sin embargo, eso no lo hacía correcto. Era solo un hecho. Una inversión en el programa general, lo eran. Susan había crecido con eso, y era un hecho de su vida. Estaba aislada del trabajo de las granjas, tierras de madera e intereses mineros de la familia, que tenía una bonita casa en la ciudad no lejos de la Primera Iglesia Bautista y a poca distancia del banco y de todas las comodidades de la ciudad. Susan había crecido con cierta riqueza, educada en la escuela de acabado para señoritas local, y luego hizo el viaje obligatorio a Europa, donde vivió aventuras, viendo las capitales y completando su educación.

Susan tenía una hermana menor, Ellen, y un hermano menor, John Donald Jackson, llamado así por su abuelo. Estos jóvenes estaban entre las piezas centrales de las familias que crecieron supuestamente en el lado correcto de las vías de la propia Asheville.

Sin embargo, Susan volvió al banco de su recado en la oficina de abogados y reflexionó sobre esa noche con la práctica del coro y el social de postres después de la práctica con Paul llegando por un tiempo, pues estaba de turno y tendría que irse temprano. Paul había estado viendo a Susan durante algún tiempo, y su padre, Stanford, pensaba que estaba bien, pero la madre de Susan, Joan Fontain Jackson, de origen Nueva

Orleans, pensaba que podía hacer algo mejor. El padre de Susan, Stanford, pensaba que eventualmente podría ayudar al chico a conseguir el puesto de Sheriff si se casaban, pero la aristocracia francesa en la sangre de Joan Fontain buscaba una clase social más alta y riqueza para su hija. Ya era bastante malo haber dejado la Nueva Orleans francesa por el remoto pueblo de Asheville, pero también tuvo que comprometer su catolicismo para asistir a la Iglesia Bautista con su esposo y familia, aunque tenía un rosario y una estatua de María en su dormitorio. Era una bautista practicante pero católica en el corazón.

Susan terminó su trabajo ese día y se reunió con su amiga Kathy Generese para cenar en un restaurante en la plaza, a solo una cuadra del banco, solo era una corta caminata hasta la Iglesia Bautista donde iban a practicar con el coro. Susan había crecido en la Iglesia con Kathy, y habían ido a la escuela juntas. Su padre, Spencer Generese, dirigía una tienda de abarrotes y carnicería a solo una colina de la plaza, y era muy exitoso ya que gente de la ciudad hacía un gran negocio con él. Los agricultores llevaban productos para venderle al por mayor, y el padre de Susan proporcionaba carne de res, cerdo y ternera. Asheville entonces era una ciudad muy de (si tú me rascas la espalda, yo te rasco la tuya) donde la cooperación mutua ayudaba a todos a prosperar en lo alto del escalón del dinero. La economía esclavista, por muy injusta que fuera, mantenía a los beneficiados con un cincuenta y cuatro por ciento de rentabilidad al comenzar. La élite adinerada de Asheville estaba dividida sobre el tema de la secesión porque no querían la interrupción de su sistema y sabían que la guerra les traería privación y dificultades. Kathy y Susan tuvieron un plato especial en el restaurante y tuvieron un poco de tiempo para charlar antes del coro. Su tema habitual eran los chicos y la moda, generalmente en ese orden. Kathy tenía un novio llamado Kenneth Lee Othario, quien era un extraordinario jinete y tenía establos y caballeriza, alquilaba carretas y compraba y vendía arneses y caballos. Incursionaba en el lado de las carreras. Era de ascendencia italiana, como se podría imaginar que Generese también lo implicaría, y aún así servía a los ricos y a los pobres con el transporte necesario a precios justos. Kathy y Kenneth estaban comprometidos para casarse pero no tenían prisa, ya que su relación parecía sólida, y podría pasar un año antes de que

Kenneth pudiera darle al padre de Kathy una dote digna por la mano de Kathy. Su padre, Spencer, le caía bien Ken y apreciaba su industria y trabajo duro. Como Kenneth le proporcionaba un arnés y carreta para la entrega de comestibles, una vez más, la cooperación traía lealtad. Las chicas, Kathy y Susan, miraban vitrinas en su camino a la Iglesia. Los precios habían subido en vestidos y trajes finos ya que las conversaciones de secesión de guerra ya habían comenzado a impactar la economía. Al llegar a la Iglesia, ocuparon sus lugares en el coro, y la práctica estaba llena de himnos como Soldados Cristianos Avanzad y A Mi Lado Señor. Las chicas cantaron pero tenían sus mentes en la recepción de refrescos después. Era una recepción para toda la iglesia, y las mujeres habían preparado un buffet formal. Brillaba con cristales y plata, y la luz de las velas le daba un toque romántico, aunque iba a ser un evento social de la Iglesia. Kathy y Susan ayudaron un poco y esperaron junto a la puerta a sus pretendientes, siendo Kenneth el primero en llegar. Se había limpiado en los establos, se había cambiado de ropa y estaba impresionante en su porte, con la buena apariencia italiana brillando. Paul llegó tarde, pero explicó que había sido llamado a la reserva Cherokee para ayudar a investigar el asesinato de un hombre del condado de Buncombe que había estado desaparecido durante algún tiempo y fue encontrado enterrado en un barranco fuera del camino en Soco Gap, herido en la parte posterior del cuello por un hacha y enterrado, lo que fue extraño, fue que fue enterrado con cierto respeto envuelto en piel de ante, brazos cruzados con monedas sobre los ojos y una pluma de águila sobre su pecho bajo los brazos cruzados. El asesinato había sido limpio y eficiente, un solo golpe en la parte posterior del cuello. Nada era desordenado, y no hubo pelea. Susan y Paul tuvieron que dejar el tema a un lado durante el tiempo de la pequeña recepción, y él no habló más de ello esa noche, aunque fue difícil. Las parejas tomaron refrigerios e hicieron pequeños comentarios haciendo una pausa para saludar a todos sus mayores, como es la costumbre del sur ahora y lo fue en su día. Los bautistas no bailaban entonces, pero había música de cámara religiosa, y fue una agradable velada, cuando Paul tuvo que regresar a su turno; se ofreció a llevar a Susan a casa, y por supuesto, Kenneth y Kathy se quedaron un rato. Dándole a Susan un beso en la mejilla, Paul la dejó en su puerta y se aseguró de que entrara, luego se fue de retorno a la investigación y luego a las 2 am se fue a casa para intentar descansar. ¿Por qué fue asesinado este hombre? Solo era un conductor de carreta llamado Soco Philips de buena reputación y había estado en Asheville desde 1845, tomando una habitación en un internado, soltero, sin familia, Socon era un soltero que era confiado en la ciudad para transportar fiel y confidencialmente casi cualquier cosa por una tarifa razonable. Era un Bautista de Libre Albedrío, adorando en la Iglesia Bautista al oeste del Distrito Grove en la ciudad. Había estado desaparecido, y la gente preguntaba por él, pero nadie esperaba un juego sucio. A veces, le gustaba ir a las montañas para cazar y pescar.

La secesión de Carolina del Sur había comenzado la bola de la fortuna futura, buena o mala, y la gente se volvió ambivalente sobre hacia qué lado saltaría Carolina del Norte. Pero con un buen 50% a 60% de la economía basada en la esclavitud, era predecible que la secesión estuviera asegurada. Los investigadores en Cherokee pusieron perros en el rastro de la tumba de Socon, trabajando en reversa para encontrar el punto de origen de este asesinato. Así que se siguió hacia el sur y ocurrió lejos de cualquier proximidad al oro escondido. Alguien había hecho alguna plantación, pero había llovido desde que el cuerpo fue movido, y los perros no eran tan eficientes en el rastreo como lo habían sido en el pasado. Los perros y rastreadores de la reserva no encontraron nada. Paul, representando al departamento del Sheriff, regresó a Asheville y reportó todo esto al actual Sheriff, Billy Wayne Weatherman, quien estaba completando su segundo mandato como Sheriff debidamente elegido del Condado de Buncombe. Weatherman aconsejó a Paul que permaneciera en silencio sobre este asesinato por el momento, pensando que las noticias del perpetrador surgirían en aproximadamente una semana. Mientras tanto, el banco que Socon había retrasado en publicar una recompensa de $1500 por cualquier pista que apuntara a cómo, dónde y por qué podría haber sido asesinado. Paul estuvo de acuerdo con su jefe y escribió lo que había aprendido en las últimas 48 horas. En efecto, había trabajo por hacer para rastrear las últimas asignaciones de trabajo de Socon.

El día siguiente era un viernes, y Susan estaba ocupada todo el día en el banco, ya que el viernes era día de pago para todos los negocios en

Asheville y las granjas, minas e industrias circundantes, de las cuales había algunas, como una herrería y curtiduría y una operación farmacéutica herbal grande y una operación de teñido de índigo. La economía de Asheville, basada en estas cosas, la agricultura y las mencionadas, era razonablemente diversa pero no aún altamente industrializada. Había lotes de comercio de ganado mientras los recorridos movían ganado y ovejas desde las montañas hasta la costa sur de Carolina del Sur, vendiéndolos en el camino. Sin embargo, ahora, con los pensamientos de guerra inminente, los precios del ganado en pie, el ganado, las ovejas y los precios de los caballos comenzaron a saltar. Las subastas se volvieron activas y los corrales de ganado se expandieron. Los ricos comenzaron a adquirir más caballos y ganado mientras los granjeros pensaban que estaban siendo astutos vendiendo parte del ganado a un precio más alto.

Ahora, el padre de Susan, Stanford Jackson, tuvo la idea de vender contratos futuros de caballos y ganado ya que tenía la tierra y el ganado ya y los medios para criar más ganado y la base de esclavos para hacer el trabajo, cultivar la comida, atender el ganado y casi gestionar una guardería por así decirlo. Stanford buscaba hacer el mercado regionalmente en ganado, elevando así el precio y capitalizando sus operaciones con un nuevo centro de ganancias, la venta de futuros. Recurrió a sus contactos bancarios e inmobiliarios y abogados de la ciudad para ayudar a hacer un mercado en el futuro, y se vendieron ampliamente a lo largo del corredor NC, SC, Florida y Nueva Orleans. Casi comercializados como moneda, el banco de Susan asignó un cheque para gestionar la publicación y emisión de los certificados, y aunque Susan no los manejaba, sabía que su padre era el creador de lluvia, por así decirlo en esto. Mientras tanto, la escena del Club de Hombres de Asheville zumbaba sobre esto y, por supuesto, a algún nivel, todos querían la especulación.

A medida que la secesión de Carolina del Norte se convirtió en más que una idea, el espectro de ella hiz sombra sobre la comunidad montañosa de Asheville, y el acaparamiento de oro y suministros comenzó a escalar sin relación pero en un crescendo gradualmente creciente, y los granjeros comenzaron a prosperar a corto plazo con sus productos: producir trigo, maíz, frijoles y comestibles. Los frascos de conservas se volvieron escasos ya que se obtenían del norte de Nueva York y llegaban a través de las ferreterías, pero no había verdaderas cadenas. Los jamones de cerdo estaban disponibles, y un gran jamón de campo curado era un alimento básico en el granero que la gente sabía que se conservaría y podrían llevar.

El padre de Kathy B. Generese, el tendero, consiguió carros de su novio Kenneth y fue al norte para comprar productos que eran difíciles de encontrar pero necesarios, frascos de conservas, sal, pimienta, azúcar y otras herramientas. También bajo las lonas de los carros se escondían rifles, pistolas, pólvora y disparos de distribuidores en NY y Chicago. Se vendieron a un premio, pero Spencer calculaba que podría duplicar su dinero con estos. Tras estar fuera un mes, el Sr. Generese hizo que Kathy ayudara a cuidar la tienda mientras estaba fuera. Cuando volvió a casa, contactó al padre de Susan, Stanford Jackson, para encontrar alojamiento seguro para la pólvora y las armas que iban a ser dosificados a la tienda para transacciones privadas. Se cavaron habitaciones estilo búnker en los lados de las colinas en el campo en las granjas con puertas fuertemente enrejadas para almacenar estos artículos. Y Stanford colocó guardias disfrazados de pastores día y noche.

Llegó el momento para los alistamientos y la conscripción en el área de Asheville, y los jóvenes, todos motivados, se inscribieron para lo que pensaban que sería una aventura de tres o cuatro semanas. Y así, hubo bodas apresuradas, enamorados que querían consumar su amor antes de que sus novios se fueran a la guerra. El sentido de esto siempre fue cuestionable, pero aquí, en el ajetreo de frenéticas actividades, casas e iglesias celebraban bodas y las parejas se alegraban antes de poder instalarse y se secara la tinta en su certificado de matrimonio. No había mucho tiempo. La mitad de las unidades de Asheville iban a defender el oeste en las montañas de Tennessee, estaba la guardia local, y luego se enviaban tropas a reunirse con Pettigrew y los chicos de la Universidad de Carolina del Norte para defender Richmond.

Susan se preocupaba de que Paul tuviera que irse, o decidiera irse, y probablemente lo haría; pero surgió una exención para los agentes de la ley, aunque Paul decidió no usarla porque no quería mancillar su honor. Así que, el martes por la noche, en diciembre de 1861, Paul fue a la casa de Susan para pedirle a Stanford, y luego a Susan, su mano en matrimonio. Había estado ahorrando para un anillo durante mucho tiempo y le había pedido a Kenneth, el novio de Kathy, que lo encargara a un joyero en Atlanta. El anillo era hermoso, con un centro de ¾ de quilate y baguettes de ¼ de quilate, y después de entrar al salón con el Sr. Jackson, le pidió a la Sra. Jackson que solicitara a Susan que bajara, y él se arrodilló y le propuso matrimonio allí mismo frente a su madre y padre. Susan estaba abrumada por cierta ambivalencia y algo de alegría y aceptó, sin saber realmente qué significaba para un futuro con la guerra y todo. Stanford les ofreció una casa para alquilar, y la boda se fijó para dos semanas después; por lo tanto, la madre de Susan, Joan, como era tan propio de ella, abrazó a Paul y Susan y subió a llorar. Paul y Susan decidieron dar un paseo en carruaje y salir a cenar para celebrar. Era una noche hermosa, y no hacía demasiado frío. La calle hacia la taberna restaurante estaba decorada modestamente pero con buen gusto para Navidad. Susan se acurrucó cerca de Paul, y dado que habían salido durante mucho tiempo, se sentía bien. Susan simplemente no quería perderlo a la guerra que estaba en curso. Sería, pero parece que habrían resuelto eso primero de antemano. Nadie cuestionaba el valor de Paul como alguacil adjunto, ya que había visto combate en la aplicación de la ley con criminales antes. Pero esta cosa de que un joven se quede cuando otros se van; cómo se veía, cómo se sentía, cómo sería, Paul tendría que vivir con todo eso toda su vida. El problema es que la llamada de sirena de la aventura y la gloria de la guerra se convierte inmediatamente en la sangre y el sufrimiento de la guerra tan pronto como se dispara el primer tiro. La guerra es algo así como una medusa hipnótica que te ataca y luego te golpea con un veneno letal que mata. Caminar hacia el fuego de cañón requeriría valor, sí, pero es insensato en casi todos los sentidos, especialmente si tienes una vida por vivir. Sin embargo, la dedicación a la defensa del hogar y la patria es tan fuerte, el sonido de los tambores, los uniformes, el desfile, la "causa", cualquiera que sea, hipnotiza al ser humano macho por alguna razón, aparentemente sin otra razón que la de reducir su población. Se usarían frases para alentar el alistamiento; Preservar el hogar, enviar a los yanquis de regreso, guerras posteriores llamarían, primero en pelear, y así sucesivamente. Y así, en medio de toda esta charla, estática y verdadera propaganda, Paul tendría que tomar una decisión que lo afectaría a él, a Susan y, sin saberlo, a su recién concebido hijo.

El abogado Johnson se reunió con el presidente del banco Webster la semana siguiente en una taberna escondida hacia Waynesville. Como disfraz, usaron ropa de trabajo de campo en lugar de sus trajes diarios. Este lugar estaba en una pequeña casa donde se servía el almuerzo y se bebía durante todo el día y hasta la noche y era un poco rústico para la gente del pueblo, pero aun así apartado, el abogado Johnson saludó al presidente del banco Webster con una cerveza en vasos y contemplaron su próximo movimiento.

Un problema que les preocupaba era la guerra y cómo afectaría las hipotecas que el banco poseía y la serie de alquileres que estos hombres poseían juntos en una corporación llamada New Vista Holdings. Si los jefes de familia marchaban a la guerra y dejaban sus trabajos, ¿quién iba a sostener los hogares para pagar los alquileres? Esto parecía obviamente problemático. La siguiente pregunta era, si recibían su alquiler o una parte de este, ¿se pagaría en oro, moneda estadounidense o el nuevo Script de Carolina del Norte o Confederado? Los hombres reflexionaron sobre esto y decidieron que era momento de vender New Vista Holdings por un precio impactante que acordaron en oro. Decidieron que descontarían el precio un 25% completo y comercializarían la propiedad en el norte para que si obtenían el interés de los compradores, pudieran vender por oro. Un comprador del norte podría pensar que estaba adquiriendo la propiedad barata y que después de la guerra, podría obtener una ganancia cuando los valores inmobiliarios presumiblemente subieran. El banquero Webster debía contactar a un banco del norte para organizar el financiamiento para el comprador, si lo hubiera, y se tramó el plan para liquidar New Vista y enviar los telegramas hoy, comercializándolo como la corporación y no tipificándolo personalmente a ellos. Los hombres decidieron comercializar la propiedad regionalmente desde Chicago hacia el este y al sur hasta Florida. Seguramente, podría haber un especulador en algún lugar que tuviera activos para invertir. Los caballeros dieron una propina de diez centavos a los camareros y se fueron por caminos separados.

Mientras tanto, el alguacil adjunto Paul Edgars y el sheriff Billy Wayne Weatherman se reunieron en la oficina del sheriff para discutir la investigación en curso sobre el asesinato del conductor de carretas,

Socon Philip. Socon era muy querido en la ciudad, y políticamente, el caso necesitaba un informe de progreso. A ese nivel muy crudo, era una excusa para obtener más atención como una cuestión de justicia justa, la sangre de Socon clamaba por retribución. Como no había testigos, no se encontró el arma, no hubo lucha, no había huellas, pero algunas indagaciones o escuchas en el área donde fue encontrado podrían producir resultados si un agricultor disfrazado de diputados pudiera frecuentar los abrevaderos y restaurantes y podrían escuchar una fanfarronería o un indicio. Esto se organizó, pero probablemente sería inútil ya que el perpetrador, el guerrero cheroqui Sewakahony, ya se había ido, visitando a Cherokee Kim en Oklahoma. Como no tenía familia viva en la región de Soco, el rastro permanecería relativamente frío.

Muchos asistieron al funeral de Socon y fue puesto a descansar en el Cementerio Viejo de Asheville.

La siguiente semana comenzó la movilización para la guerra y se establecieron estaciones de reclutamiento alrededor de la ciudad de Asheville y la región. Estaba activo, y aquí, Paul, al ver los reclutamientos públicos, tuvo que trabajar mentalmente si se alistaría o se quedaría en el Departamento del Sheriff. Estaba casado ahora, aunque aún no sabía que su hijo estaba en camino. Esto estaba causando noches de insomnio para Paul, y Susan intuitivamente sabía por qué, aunque no sabía que estaba embarazada. Paul tenía familia en el área, y le imploraron que se quedara, pero la gente miraba con desdén a los jóvenes que no se alistaban.

Mientras toda esta movilización se estaba llevando a cabo, Susan, todavía en el banco, notó que los retiros habían comenzado con la gente común queriendo retirar en oro. Un lunes, al inspeccionar las bóvedas, el inventario de la pila de bolsas de monedas parecía reducirse. Con la secesión, no había un Banco Federal central para pedir oro, y el banco acababa de comenzar a recibir la moneda de script confederado de Asheville, N.C. Como esta era nueva moneda, la gente confiaba solo en el oro y ya no confiaban en los billetes. Susan no sabía qué habían hecho el banquero Webster y el abogado Johnson, pero le dijo inocentemente al Sr. Webster que necesitaban abrir algunas bolsas más de monedas de oro. Ahora alertado, el Sr. Webster tuvo que tramar un plan para contactar a otro banco para comprar más monedas de oro. La presión estaba en aumento. Webster iba a quedarse corto en algún momento. Se quedó tarde después del trabajo para sacar la moneda de metal burdo, ponerla en su carruaje, llevarla a casa y enterrarla en el jardín del patio trasero. Pensó que hasta que se descubriera el déficit equilibrado tenía tiempo para tramar un plan para encontrar un chivo expiatorio para transferir la culpa; sin embargo, sabía en su conciencia que la responsabilidad recaería sobre él. Esto es lo que sabía: un ladrón es un ladrón, pero las circunstancias previas a la guerra eran la excusa de Webster. Para los ricos, la preservación de la riqueza siempre parecía superar la honestidad. Por ahora, era una entrada contable por ajustar, sin embargo, la presión sobre el banco para producir las monedas de oro cuando los clientes querían retirar se estaba agudizando con la demanda debido a la guerra inminente.

La demanda de caballos por parte del recién organizado ejército confederado estaba aumentando y Kenneth Lee Othario, el novio de Kathy que dirigía la cochera y el acarreo, decidió hacer un viaje rápido a Wyoming para contactar a un ranchero que podría ser una fuente de caballos. Después de varios telegramas, Jeff Shrank prometió poner algunos de sus mejores caballos en un vagón de tren a Asheville, y Kenneth envió un depósito inicial por cable al Rancho Shrank ya que Kenneth Lee no tuvo que ir realmente al oeste. Kenneth esperaba que Shrank eligiera caballos que fueran presentables y vendibles al nuevo ejército. Pero había más que eso, ya que Kenneth planeaba vender a ambos bandos, siendo el astuto empresario que era. Podía enviar caballos, prepagar al depósito del ejército en Maryland y dejar que ellos se preocuparan por domarlos, y por supuesto, algunos del Rancho Shrank ya estaban domados.

El padre de Kathy, Spencer Generease, estaba ocupado tratando de abastecerse de todo el inventario en una tienda de campo mientras las líneas ferroviarias norte-sur aún funcionaban. Sin embargo, estaba ambivalente sobre el sobreabastecimiento, ya que con los patriarcas fuera de casa y en guerra, ¿cómo pagarían las personas? Tuvo que equilibrar su optimismo y codicia contra su ansiedad que lo carcomía en el fondo. Guerra. Hablar de ella era fácil, pero las personas, en promedio, realmente no sabían lo que venía. Los veteranos lo sabían. Sería sangre, sudor, lágrimas, dolor, muerte y privación si duraba. Los jóvenes confederados idealistas pensaban que sería rápido y terminaría pronto, una aventura y de vuelta a casa. Este enfoque idealista llevó a los jóvenes soldados a salir para el servicio mal equipados en ropa, calzado, armas, municiones y alimentos. El calendario de fondo de estas presiones está relacionado con los eventos. Secesión ya que Carolina del Sur se había separado de la Unión el 20 de diciembre de 1860, y a medida que aumentaba la presión de guerra, los confederados de Carolina del Sur dispararon a Fort Sumter el 17 de abril de 1861. Hubo tiempo para reaccionar y prepararse entre el 20 de diciembre de 1860, la secesión de Carolina del Sur y el 20 de mayo de 1864, cuando Carolina del Norte seguiría con la secesión. En realidad, solo fueron seis meses, y esta fue la razón por la que los bancos y abogados estaban moviendo su oro, y la gente estaba acaparando, y los comerciantes estaban abasteciéndose de productos básicos que temían que se volvieran escasos. Cuando miramos atrás a esta época en Asheville y las Montañas, el tiempo no estaba del lado de los pobres, los desprevenidos, la gente de la ciudad sin capacidad para alimentos ni para mantener ganado en comparación con los agricultores de campo que podían proveer alimentos para sus familias.

El Diputado Paul Edgars continuó consultando con sus agentes encubiertos, que estaban merodeando por Soco Gap y la Reserva Cherokee. No habían encontrado una pista positiva, por lo que el Sheriff había publicado una recompensa por información sobre el asesinato de Socon Phillips. La recompensa era de 2,000 en monedas de oro. La financiación de la recompensa era un poco sospechosa porque el Departamento del Sheriff solo tenía alrededor de $500 en oro, pero como señuelo, se presentó la recompensa, y el Sheriff dijo que era por información que llevara al arresto y condena del perpetrador del asesinato de Socon Phillips. Esa es una orden alta y por eso el Sheriff pensó que el riesgo frente a recompensa valía la pena tomar la oportunidad.

Los llamados pastores que cuidaban las armas de Spencer Generase y Stanford Jackson en los depositos de papa en las tierras de Stanford estaban en la nómina conjunta de Generase y Jackson y en realidad se les pagaba en acciones de las ovejas que cuidaban. Era un trabajo fácil si te gustaba el aire libre, y se proporcionaban alimentos y refugio, así como algo de dinero para gastos y un descanso para ir a la ciudad. Eran mucho como los conductores de Webster, estos pastores guardianes. La gente de montaña podía guardar secretos cuando se les pagaba lo suficiente. Los seis meses entre la secesión de Carolina del Sur en diciembre de 1860 y la secesión de Carolina del Norte en mayo de 1861 fueron silenciosamente frenéticos. Asheville fue influyente en la política legislativa.

La oficina de abogados de Johnson Wipple Taylor y Young estaba ocupada con tasas de transferencia de tierras y testamentos, moviendo silenciosamente la riqueza y protegiéndola con mucha discreción. La señorita Fanny, quien era recepcionista, mecanógrafa y experimentada asistente legal, trabajaba pulcramente y con un pequeño sombrero. Escribir, escribir, escribir, recibir a una persona, consultar con un abogado. Hacía todo esto con frialdad y aplomo. Muy eficiente y cortés. Era la favorita de los clientes de clase alta que entraban silenciosamente en el bufete de abogados sin marcar. Pero la señorita Fanny sabía todo. Tenía un trato campechano que ocultaba una mente como una trampa de acero. La clave era que tenía discreción, el requisito número uno de un bufete de abogados. No se podía engañar a la señorita Fanny.

En Oklahoma, en un día en medio de la reserva, Sewakahony acampó en el desierto y subsistió con trabajos ocasionales día a día. Pero se distrajo seriamente por una hermosa doncella india de 27 años que era enfermera en el dispensario tribal llamada Eshanawa, que significa el viento sopla el cabello sobre la cara. Eshanawa tenía un hermoso cabello largo negro y rasgos raros y hermosos, y el viento luego soplaba un velo de cabello sobre su cara, de ahí su nombre. Swakahony se puso su sombrero para ella y la invitó a un evento social tribal. Como ella era como la mayoría de las bellezas y no estaba comprometida porque los jóvenes eran demasiado tímidos para invitarla a salir, esto favoreció a Sewakahony. Era alto, fuerte y bien parecido, así que hacían una pareja impactante. Esta relación probablemente florecería. Todos los que observaban decían lo mismo.

Las asociaciones Webster, Johnson en New Vista Holdings, recibieron una oferta de un banquero especulativo en Chicago. Cumplió con sus especificaciones y así se prepararon las muchas escrituras, y el oro se entregó a la oficina legal, y el banquero y el abogado, nuevamente, tenían una fortuna en oro para esconder. Fue al seguro por ahora. La señorita Fanny, quien preparó todos los contratos, tomó nota mental de la transacción ya que era considerable y crearía mucha atención en la oficina del registro de escrituras. Estos caballeros, Webster y Johnson vendieron esta propiedad en abril, justo antes de que Carolina del Sur disparara contra Fort Sumter y antes de la secesión de Carolina del Norte, y obtener la entrega de oro antes de todo esto fue la típica suerte de los ricos.

Susan estaba enferma el lunes por la mañana, alrededor del cuarto mes después de la boda. Le envió una nota al señor Webster de que no estaría presente. Por supuesto, él no estaba contento con eso, ya que el banco estaba bajo presión, como se ha dicho, por las noticias de la secesión. Carolina del Sur había disparado contra Fort Sumter y la secesión de Carolina del Norte estaba a la vuelta de la esquina. Después de la nauseas matutinas, Susan decidió visitar al Dr. McLandish, quien la había traído al mundo y era su médico de familia cercano. Cantaban juntos en el coro. Tras el examen con la enfermera Emily presente, él le tomó la mano y dijo felicitaciones. Estás embarazada de unos tres meses. Susan se llenó de lágrimas y las emociones inundaron su alma. Aquí estamos con una guerra empezando, y yo trayendo un niño a este mundo en su comienzo. ¿Qué pasa si Paul se va y se marcha a la guerra? El doctor le dio un poco de jengibre para las náuseas y una poción de vitaminas prenatales y dijo que la vería nuevamente en tres semanas. Dijo que quería que comiera bien y caminara un poco todos los días. Aire fresco y sol. Susan se apresuró a casa y esperaba a su esposo, el alguacil adjunto Paul, para compartir la noticia.

Como siempre en las áreas montañosas, las noticias viajan rápido. La enfermera Emily, aunque había trabajado con el Dr. McLandish durante muchos años, era una persona ocupada y buena amiga de la madre de Susan, Joan Fontaine Jackson. Tan pronto como la Enfermera Emily salió del trabajo, se dirigió directamente a la casa de Joan. Así que, la mamá de Susan recibió la noticia antes que Paul. Emily y Joan hablaron y hablaron sobre planificar duchas y abejas de acolchado y cómo podría ser la guardería. Niño o niña, no importaba, pues era el primer nieto de Joan. Joan no podía esperar a que Stanford llegara a casa para difundir la noticia. Mientras tanto, Paul, recordemos que era un ayudante del sheriff, estaba trabajando entre Asheville y el área de Soco, donde se había encontrado el cuerpo de Socon Phillips. Paul decidió hacer averiguaciones puerta por puerta en las granjas cercanas al lugar del descubrimiento porque no se había oído nada de los agentes encubiertos, que habían pasado demasiado tiempo sin resultados. Paul los llamó y los liberó para que regresaran a Asheville para ser reasignados. Estaban muy contentos de volver a casa, uno con su familia y el otro con su enamorada. Paul pasó el día a caballo viajando entre granjas tocando en cada puerta que pudo encontrar dentro de un radio de cinco millas del lugar de descubrimiento de Socon. Por supuesto, la gente estaba cautelosa con un oficial uniformado tocando en su puerta. Sin embargo, Paul fue amable y les habló de la recompensa por información y cómo no tenían pistas. Paul pensó que al menos había comunicado el mensaje, y era hora de regresar a casa. Tendría que dejar que las consultas se cocinaran a fuego lento y, con suerte, surgiría una ruptura en el caso. Antes de irse, se registró con el oficial de aplicación de la ley tribal para actualizarlos, y se dirigió a casa. Mientras tanto, había terminado una ceremonia de boda india en Oklahoma. Sewkahony había conquistado el corazón de la hermosa doncella india Eshonawa y la tribu les había organizado una hermosa boda. Hubo mucha alegría en la reserva esa tarde. Tambores y flautas sonaban hasta la noche y se dispuso un banquete como Sewakahony nunca había visto antes. Esa noche, su corazón estaba lleno de amor por Eshonawa, pero algo oscurecía la alegría. Sabía que el Gran Espíritu no estaba contento con él por matar a Socon Phillips y una pequeña voz en el fondo de su mente le advertía que habría un precio que pagar. Ahuyentó el pensamiento y miró a su hermosa novia. Bailaron en círculo, pues la noche era joven. Y su cabello volaba por su hermoso rostro.

Las espuelas de Paul sonaron al subir al porche de casa y Susan escuchó el sonido y corrió hacia la puerta. Cuando Paul entró, Susan lo abrazó, lo besó por toda la cara. A Paul le encantaba el afecto pero estaba un poco sorprendido. "Es bueno ser extrañado", dijo. Pero Susan siguió abrazándolo, siguió besándolo y dijo entre besos, "¡vamos a tener un bebé. He ido al médico, y es verdad!" Paul reaccionó con alegría. Comenzó a devolverle el beso a Susan por toda la cara, la levantó y la hizo girar. ¡Paul estaba encantado! ¡Iba a ser papá! ¡Había alegría en Asheville y Cherokee Oklahoma esta noche! Y eso aclaró la mente de Paul. Se quedaría en casa y no iría a servir al menos hasta que naciera el bebé y pudiera ver a su primer hijo. Era como Susan había esperado, pero no fue intencional. "¡Dios debe haber tenido una mano en esto!" pensó Susan, mientras había preparado una buena cena, se sentaron a disfrutarla, y Paul estaba famélico del viaje a casa.

Mientras tanto, habiendo escuchado sobre la recompensa ese día, un leñador y rastreador de caza cherokee decidió comenzar donde encontraron el cuerpo de Socon e intentar rastrear evidencia desde allí. Su nombre era Jehe Whanee, que significa "camina mucho", pues un rastreador debe hacerlo. Este rastreador era bueno.

El guardabosques Jeff Shrank acababa de terminar de cargar un vagón de tren con algunos buenos caballos de pastoreo para Kenneth, el hombre de transporte y establo en Asheville. Estaban programados para la entrega la semana siguiente en el depósito ferroviario de Biltmore Asheville y Kenneth planeaba contratar a algunos hombres para llevarlos por la carretera del río Swannanoa y subir a la ciudad a los lotes cercados de transporte. Estos caballos estarían salvajes y alborotados, pero también un poco aturdidos por el largo viaje en vagón de tren. Shrank había hecho un excelente trabajo eligiendo este ganado, y Kenneth iba a estar satisfecho con lo que obtendría. Otro envío había subido a Indiana, y fue un largo viaje, pero Shrank y Kenneth descubrieron que la Unión pagaba bien por buen ganado sano.

Como Carolina del Norte aún no se había separado, esto era lucrativo, pero no se consideraba ayudar al enemigo en ese momento. Estos hombres simplemente estaban tratando de ganarse bien la vida con las circunstancias mientras pudieran. Sin embargo, el espíritu de guerra les habría dicho que la hambruna y la privación llegarían, siempre lo hacen en la guerra.

El auditor del banco de Carolina del Norte telegrafió al banquero Webster que vendría para su auditoría anual en abril. Al leer la nota, Webster se llenó de temor. ¿Cómo iba a encubrir la discrepancia de oro entre la bóveda y los libros, y a quién podía culpar? Webster le dijo a Susan que preparara al personal para la auditoría, y ella comenzó a revisar los diarios de deudas y créditos registrados a mano para ver que estuvieran equilibrados, y encontró una discrepancia de $585,000 en una entrada original y una conexión. Sin embargo, pensó que esto era solo un error y lo cambió nuevamente. Pero no auditó la bóveda porque le costaba inclinarse debido a su embarazo. Esto llevaría a la caída de Susan, ya que Webster había decidido culparla de la discrepancia. Sería una discrepancia de registro, no de bóveda. Webster tenía que esperar que el auditor no auditara la bóveda. Por lo general, lo haría si traía ayuda con él. Si no, era más una auditoría de libros sumaria. Webster determinó que si tenía que sacrificar a Susan para salvar su propia piel, lo haría. El dinero generalmente hace que los hombres se sientan apenados. Aquí había un caso perfecto. Pero tal vez no llegara a eso.

La Sra. Fannie salió del trabajo y se dirigió a la biblioteca. Llevaba un montón de libros para devolver. Sin embargo, esa no era la única razón por la que estaba motivada para ir. Porque la Sra. Fannie había encontrado el romance entre las estanterías. En una esquina de una fila de libros en la sección de ficción, había encontrado una nota: "Para la Sra. Fannie, pienso que eres maravillosa" y la Sra. Fannie, entrando en el juego, dejó una nota, "Gracias". ¿Quién podría ser esta persona? Así comenzó la conversación cada miércoles, y nota a nota, la comunicación se convirtió en una dulce conversación. ¿Quién era su pretendiente misterioso? La respuesta probablemente vendría tan pronto como él le pidiera algo.

El auditor del banco llegó dos horas antes en el día que había indicado. Susan lo condujo hacia el Sr. Webster, presidente y jefe del banco. Había venido solo. El nombre del auditor era Frank Gilmore. Pidió un escritorio, algo de café y los libros de los últimos dos años. Comenzando allí, examinó cada entrada y tomó sus notas. Si hacía una pregunta, iba dirigida a Webster, no a Susan. Sin embargo, los apuntes eran pulcros y eficientes, no la escritura de un hombre. Tomó un descanso para almorzar, y antes de irse, Frank marcó su lugar y cerró cuidadosamente el libro mayor. Almorzó solo en una cafetería cercana, saboreando un postre de tarta de manzana. Al salir, dio propina a la camarera y, regresó al banco y fue directamente a la línea de cajeros para realizar una auditoría del cajón de efectivo. No encontrando irregularidades, el Sr. Gilmore regresó a sus libros mayores y, tras dos horas, se topó con una entrada del 20 de diciembre de 1860, una entrada de diario de corrección que retiraba $578,000 en efectivo y los transfería a una entrada: se anotó como New Vista Holdings. Sin embargo, cuando verificó su cuenta, no encontraron $578,000 ni un depósito como tal, sino un recibo de transferencia por cerca de $5 millones. Hizo una nota detallada de este enigma. Eran las 4:30 pm, el auditor Gilmore se despidió de Susan y del Sr. Webster "Adiós por ahora". Y así, se fue de regreso a Raleigh, a donde iría. Nada se dijo para indicar una discrepancia en ese momento.

Allá en Oklahoma, Sewakahony comenzó a pensar en el oro escondido. Ya estaba casado, y Eshanawa estaba esperando un hijo. Sewakahony comenzó a trazar un plan para regresar a Cherokee, Carolina del Norte, para recoger algo de oro. Decidió subirse a un tren hacia el Este y llegar silenciosamente al tesoro sin que nadie supiera que había regresado. Así que tomó el tren Santa Fe Este y transfirió en Knoxville a un tren del ferrocarril del sur que rodaba directamente hacia Bryson City y se bajó antes de llegar a la ciudad. Moviéndose a través de los bosques, se dirigió hacia el Oeste hacia Soco Gap y hacia las colinas del Norte. Hizo tiempo y se detuvo en un arroyo claro para beber agua. Moviéndose hacia la cueva, movió las rocas hasta que encontró las bolsas de monedas de oro. Sewakahony decidió que cuando saliera de la cueva iría hacia el norte hacia Erwin, Tennessee, para tomar un tren de regreso al Oeste. Hasta ahora, había podido evitar la interacción humana y moverse a través de los bosques en silencio y sin perturbar la vida silvestre. Lo único era que ahora, había un rastro fresco desde la cueva hacia el norte. Y Jehewhanee, el rastreador, estaba trabajando silenciosa y sistemáticamente en una línea hacia el noroeste, y sería un día cuando se encontrara con las huellas del rastro hacia el norte que Sewakahony había hecho, aunque había usado mocasines de suela blanda.

Fiel a su forma, el rastreador se encontró con el rastro hacia el norte, que no siguió hacia el norte, sino que retrocedió hacia el sur, donde se encontró con la cueva. No entró, sino que giró hacia el oeste para continuar rastreando hacia los alrededores de Bryson City, terminando en la vía del tren. Así que, el rastreador Jehewhanee sabía al menos de dónde comenzó el rastro. Regresó a Asheville para informar al diputado Paul.

Mientras tanto, clic clac, clic clac, Sewakohony regresaba al oeste con una buena carga de oro.

El auditor del banco escribió en su informe que las cosas parecían estar bien, excepto por un enorme asiento contable que necesitaba una revisión más profunda con un equipo. El Sr. Frank Gilmore había estado en este trabajo de auditoría con el Estado por casi 25 años y tenía experiencia con la intuición. Después del primero de año, sin previo aviso, volvería para comprobar esto. Para entonces, sería una coincidencia que Susan estaría de licencia por maternidad. Eso sería su perdición, ya que Webster la culparía por la escasez en la bóveda y la extraña entrada en el diario.

Un miembro del bufete de abogados de Johnson, Wipple, Taylor y Young, George Wipple acababa de regresar de Raleigh, donde informó que el proyecto de ley de sucesión presentado al legislador en cuestión de días, había sido aprobado y los telegramas caldearon las líneas por todo el estado. Las luces no se apagaron en Asheville esa noche, y la gente estaba en la calle. La gente en la granja Jackson estaba abriendo sus colinas de almacenamiento para las armas y pólvora que habían sido almacenadas. Fannie estaba escribiendo su nota a su escritor imaginario. Susan tenía pintura en su cabello, y en su cara, mientras pintaba la cuna de su bisabuela para el bebé; Spencer Generese estaba ocupado en su tienda general desempacando provisiones de los barriles que había almacenado en el almacén del sótano. Paul Edgars atravesaba la ciudad, manteniendo la paz mientras los juerguistas de tiempos de guerra encendían hogueras por todos lados. El banquero Webster trabajaba hasta tarde. Con Susan ausente, y él podía mover más oro. Y sí, el abogado Johson estaba allí para atraparlo en su caja fuerte.

El negocio de caballos y establo de Kenneth Lee Othario estaba ocupado esta noche y otro vagón de tren cargado de caballos se dirigía tanto a Asheville como a Springfield Il. Dos de estos monturas se encontrarían nuevamente en lados opuestos en Antietam, una pelea que realmente nadie ganaría excepto sangre y muerte. Kathy llamó a la puerta de la casa de Susan, y Susan la respondió, apartando su cabello con un soplo y un toque. "He venido a ayudarte a pintar, dijo. A pesar de todo esto, los amigos deben hacer un futuro." Y construir un futuro lo hicieron a través de las dificultades aseguradas y el dolor, las montañas permanecieron prevaleciendo contra los vientos de la guerra y la llama. Los nombres siguen siendo evidentes en las montañas y Asheville, un centro en el desierto, por así decirlo. Y los políticos todavía van allí para ganar reconocimiento y respeto. En algún lugar en un viejo sendero indio en la reserva en Soco hay un tesoro aún no descubierto, y en Oklahoma, hay una familia en la reserva que dirige una clínica para la gente. La Clínica Sewaka-Eshamawa está en honor a los padres que la fundaron con su prosperidad.

Las puestas de sol siguen siendo hermosas sobre el Blue Ridge a medida que llegan las nuevas generaciones, los espíritus de aquellos que se fueron antes declarando: No más guerra, por favor, no más, por favor.

Y se dice que el rastreador todavía recorre los bosques buscando señales del asesinato de Socon Phillips. Lo hizo hasta que murió en los bosques a los 92 años.

Capítulo 1

Paul Edgars, alguacil adjunto del condado de Buncombe, estaba esperando a su rastreador operativo en el caso de Scon Philip's que ahora llevaba seis meses, en una pequeña tienda de campo al borde de la Reserva Cherokee cerca de Soco Gap. El rastreador apareció a pie, entró y se sentó a la mesa con Paul, y después de algunos comentarios sobre la familia, informó que no había trabajado en el sendero norte todavía ya que el invierno había sido duro y la nieve profunda. Además, había enfermedad en su cabaña, y tenía que atender a sus hijos. Paul dijo que era comprensible y expresó su preocupación por la familia y le dio al rastreador un sobre con billetes yanquis que sumaban $500 para continuar la búsqueda de una señal del rastro de este asesinato. Ambos tuvieron una pequeña comida por la que pagó el alguacil y estrecharon manos, Paul se dirigió a su caballo, un sólido cuarto de milla llamado Lightning, y el rastreador regresó caminando. Deber cumplido, Paul se dio la vuelta y espoleó a Lightning hacia Asheville a un trote fácil. El día estaba bien. Era un día claro y no demasiado ventoso, y aunque aún en los meses de invierno, la primavera llegaría pronto, y Paul también sabía que su dulce esposa Susan iba a tener su bebé. La guerra había comenzado, y los hombres de las montañas estaban divididos sobre de qué lado lucharían. No todos en las

Montañas del Oeste de NC eran pro esclavitud, sin embargo, muchos se alistaron y los otros se armaron como si fuera para problemas. Paul tenía que estar listo para sofocar una insurrección y mañana tenía que recibir un envío seguro en la estación de los billetes y notas confederadas que habían sido impresas para los bancos para reemplazar los billetes verdes yanquis. Si se contaba, era efectivo para los bancos del área que sumaban 35 millones de dólares. Esta era una gran tarea para proteger y trabajar con la asignación de la comisión bancaria para distribuir y entregar el efectivo a hasta cinco bóvedas bancarias en toda la región.

Habrá una fecha límite, y la nueva moneda se introduciría en el sur, aquí en Asheville y por todas las montañas. Paul tenía trece diputados asignados y ocho carros para llevar ya sea el dinero en efectivo o guardias armados, y esperaba en contra de toda esperanza que no hubiera un asalto en la entrega. Finalmente llegó a la oficina del Sheriff y ató a Lightning al poste después de darle agua. Paul se quitó el polvo de su chaqueta y se reportó al Sheriff, Billy Wayne Weatherman, quien interrogó a Paul sobre la preparación para el día siguiente. Hablaron sobre su estrategia, y luego Paul se fue y llevó a Lightning al establo para ser alimentado, limpiado y, cepillado y nuevamente regado. Paul decidió caminar por la colina hasta casa y sorprender a Susan con un ramo de flores comprado a una señora negra que vendía flores en la calle de camino a casa. Paul estaba cansado del viaje del día pero emocionado por la llegada del bebé, y amaba a su Susan, que estaba radiante en su embarazo y parecía estar realmente feliz y bien, según el Dr. McLandish.

Mientras tanto, Tracker llegó al albergue en la reserva donde vivía su familia y cenó. Descansó y comenzó a reunir suministros para comenzar su caminata temprano por la mañana en el sendero del norte. El clima parecía que iba a mantenerse agradable, por lo que Tracker planeó estar en el bosque durante la próxima semana buscando cualquier señal de transporte del asesino de Socon Philips. Tracker podía vivir con casi nada en la naturaleza. El agua corría pura donde iba, y comía raciones frías para no levantar sospechas entre los agricultores de la región, ya que ellos supondrían, mayormente por prejuicio, que podría ser un ladrón. Así que, amaneció, y Tracker partió silenciosamente con su perro rastreador llamado Skip. Este perro era mitad pastor alemán y mitad border collie, con blanco, negro y marrón en todos los lugares correctos y proporciones. Skip tenía un buen olfato, y Tracker nunca necesitó una correa para él, aunque había hecho un collar para él y grabado su nombre en el cuero. Llevaban juntos casi 7 años, y el olfato de Skip era tan bueno como el que existía en la Región Occidental de las Montañas de las Carolinas y Virginia. Partieron en la mañana montañosa, caminando hacia el misterio del asesinato de Socon Philips.

El Diputado Paul había estado despierto desde las tres de la mañana paseando y preocupándose por el envío de 35 millones de dólares que se dirigía a su camino. Llegó a la estación dos horas antes de la llegada planeada, y cuando llegaron los carros y los diputados llegaron a tiempo, se sintió gratificado de tener tan buenos hombres. Ahora, todo lo que había que hacer era esperar a que el tren de carros llegara a la estación. Los cargadores estarían listos para descargar el dinero en cajas disfrazadas como jamones del campo con destino al ejército. Eso, pensó Paul, era un buen toque ya que solo billetes envueltos serían demasiado obvios. Había lonas para cubrir las cajas, así que esta era una operación de máxima seguridad para una nueva confederación, pero no se sabía cómo recibirían los montañeses el nuevo dinero en papel. Por supuesto, Paul sabía que la gente quería monedas de oro en lugar de papel en este entorno de guerra cambiante. Todo estaba listo. Ahora, continuar esperando el tren de carros.

Mientras tanto, Tracker comenzó donde hace más de seis meses habían encontrado el cuerpo de Socon Philips. Se dirigió al norte por el sendero que conducía desde el valle hacia arriba, a lo largo del primer escarpe de los Smokies. Era un sendero fácil, pero difícil de recorrer mientras el sendero subía del nivel del valle a las montañas más altas. No había prisa. Skipper, el perro, se quedó con Tracker, y Tracker miraba a izquierda y derecha, lejos y cerca, buscando una señal, cualquier señal que pudiera llevar al asesino de Socon Philips. Esperaba encontrar un pequeño error que este asesino pudiera haber cometido.

En Biltmore, llegó el tren de carros, y el Diputado Paul y sus compañeros se pusieron en acción con los estibadores descargando las cajas marcadas “Country Hams” de los carros y colocándolas en sus carros. Tan pronto como el carro estaba cargado, se dirigió a su banco asignado con un conductor, una escopeta a su lado y un diputado en cada esquina opuesta. Cuesta arriba desde la estación, los carros iban al Banco Principal del centro y luego salían por las carreteras al oeste, al este y al sur de la ciudad hacia bancos más pequeños y oficinas de correos a lo largo del camino. Cada parada recibía un paquete y un jamón hasta que esa caja estaba vacía, y esto continuó hasta el anochecer. Luego, los cartistas se reunieron de nuevo en el banco central de Asheville para descargar su exceso, que sería entregado más tarde por el mensajero del banco.

Por el sendero, Tracker y Skip el perro caminaban con esfuerzo, y a medida que subían, el arroyo se alejaba más hacia el fondo del barranco, por supuesto, y Tracker examinaba lentamente el agua y las rocas circundantes. Habían perdido la luz del sol en la penumbra oscura, así que él y el perro se asentaron juntos al lado del sendero para pasar la noche. A la mañana siguiente, después de un desayuno frío de cecina, pemmican y agua, Tracker y Skip comenzaron su investigación a lo largo del sendero. Alrededor del mediodía del tercer día, cuando el sol estaba en lo alto, Tracker divisó algo blanco ondeando con la corriente desde debajo de una roca en una pequeña ola triangular. ¿Era algo? ¿Era la aleta de un pez muerto? Oh no, mejor lo reviso, pensó Tracker, y comenzó a bajar por el lado de la montaña de árbol en árbol, sujetándose e intentando no resbalar hasta llegar al lecho del arroyo. Le tomó un minuto orientarse, y caminó a lo largo del lado oeste del arroyo hasta que vio un pequeño trozo blanco saliendo de debajo de la roca, ondeando con la corriente. Tracker miró a su alrededor, luego levantó la roca, ¡y allí había una camisa! Una camisa arrugada bajo esa roca y una manga, la derecha, estaba manchada con manchas de sangre brillante bastante desgastadas por nadie más que visibles, sin embargo, a la luz del sol brillante. Tracker sostuvo la camisa. Era de lino de lana como podrían estar hechos los bienes de trueque, blanca con botones de hueso. Los verías a menudo en la reserva. Tracker la metió en su mochila después de escurrir cuidadosamente la camisa, todo menos la manga moteada. Luego Tracker se agachó, se salpicó la cara y descansó, estaba tratando de decidirse si caminar de regreso por el arroyo hasta que pudiera subir más fácilmente la orilla al sendero principal. Tenía sentido para él hacer eso, sabes, así que él y Skipper avanzaron a tientas por el arroyo rocoso esperando no perder el equilibrio y caer ni romperse la cabeza en el proceso. A medida que avanzaban con propósito y en silencio, los peces se lanzaban al agua, y los cangrejos se apresuraban a esconderse. Eran alrededor de las cuatro y se oscurecería en una hora y media. Tracker estaba pensando en intentar regresar al sendero principal arriba del banco para que pudieran acurrucarse y acurrucarse para dormir otra noche sin descanso, así que a la primera oportunidad, el perro y su amo cruzaron el arroyo y casi se arrastraron por la empinada orilla hasta el sendero principal. Era una oportunidad de estar en el sendero principal y por encima del aire frío que venía del agua. Esa noche, encendieron un fuego para calentarse, cocinaron un trozo de tocino y galleta dura para cenar, y se durmieron. Tracker tenía sus brazos envueltos alrededor de su mochila sosteniendo la camisa. El perro se acurrucó contra eso, así que Tracker y Skip dormían con una simple manta sobre ellos en la región de Soco de las Montañas Humeantes, y el único testigo de ellos era un búho en un alto roble rojo y un pequeño escarabajo apresurándose por el borde del sendero. A medida que los bosques se quedaban en silencio y las estrellas aparecían, Tracker llegó a conocer qué medida de descanso había de tener al haber comenzado a encontrar al perpetrador de este asesinato.

Paul, el Diputado, estaba satisfecho de que la entrega de la moneda confederada había salido bien. Pensaba que la gente no estaba tan segura sobre el nuevo dinero y, por lo tanto, no se arriesgaría a un robo por lo que pensaban que era mera papel.

Paul, entonces, estaba esperando tres cosas; la primera era el nacimiento de su nuevo hijo o hija, la segunda era el eventual retiro del Sheriff Billy Wayne Weatherman, y la tercera era que se preguntaba cómo le iba a Tracker en el borde norte de las Montañas Humeantes. El tiempo lo diría. La guerra había causado discusiones en los hogares mientras las familias debatían lo que sucedió con la secesión y el asunto de la esclavitud. En la región montañosa, algunos tenían esclavos, y otros no, y, por tanto, a veces se producía un acalorado debate con la familia y el Departamento del Sheriff tenía que intervenir. A medida que la inflación del costo de los bienes aumentaba, esto en sí mismo ejercía presión sobre los modestos hogares y las personas de la ciudad que no tenían tierras ni cultivos tenían que pagar precios más altos. No hace falta decir que la vida dura y un poco de licor mantenían ocupados a la policía de la ciudad y al Departamento del Sheriff.

Mientras tanto, en Oklahoma, el autor del asesinato, Cherokee Warrior Sewakahony, ya casado y de ahora en adelante con un nuevo hijo llamado Nevo Eva ("nuevo comienzo") y esposa Eshawawa (el viento sopla el cabello sobre la cara), estaban asentándose en un lugar de la reserva. El oro que el guerrero había traído de su incursión de vuelta a la escena de su crimen, tenía que esconderlo de nuevo, y esta tierra era un poco más difícil para encontrar un buen lugar para un tesoro que no fuera encontrado por alguien más. Además, había llegado como un extraño y se había casado con la doncella india más hermosa de la reserva. Muchos ojos lo observaban. ¿Quién es este intruso? Decían. Entonces, los ancianos observaban, pero los ciervos celosos observaban más de cerca. Todavía había viejos lazos con Blue Ridge de Carolina del Norte, y posiblemente un emisario de la reserva de Oklahoma podría regresar y hacer algunas comprobaciones. Siempre existía esa posibilidad.

El aviso público salió en los periódicos de los bancos de que, en una fecha determinada, el nuevo dinero confederado entraría en circulación a valor nominal. Eso no significaba que los dólares, dólares yanquis, fueran rechazados, sino que la conversión a lo largo del tiempo a la nueva moneda se vería afectada. En las montañas, los viejos que eran astutos acaparaban su oro, lo poco que tenían.

Tracker pasó un buen día moviéndose de regreso al sur en el sendero. El perro Skip trotaba justo al frente de él a unos veinte pies o más. Se lo estaban pasando bien. Sin embargo, en la cresta arriba, un poco más atrás, un habitante del bosque los estaba rastreando también. Era una pantera negra. Paul, el diputado, pasó la mañana revisando el equipo y su caballo, luego ingresó a la oficina para verificar cualquier nueva orden judicial que hubiera llegado. Y estaba esperando noticias de la guerra, del Sheriff, de Susan, su esposa y esperaba a Tracker para saber si había tenido éxito.

El encuentro de tropas, muchas del oeste de Carolina del Norte, viajaron en carreta y caballos hasta Raleigh, donde se alistaron con las tropas de Pettigrew y los voluntarios de la Universidad de Carolina del Norte, y algunos fueron asignados a Johnston en la costa. Sin embargo, las tropas de Pettigrew subieron para defender Richmond y se combinaron con el Ejército de Lee del Norte de Virginia. Allí, fueron asignados según fuera necesario a Trimble, AP Hill y otros, y muchos de ellos lucharían en todas las batallas mayores que vendrían hasta el final.

Asheville estaba hambrienta de verdaderas noticias de guerra. No rumores, sino noticias de guerra. Paul y su amigo Kenweth Othario, quien salía con Kathy Generase, amiga de Susan, necesitaban noticias del Ejército sobre la demanda de caballos, ya que el envío estaba programado para llegar, mitad a Asheville y mitad a Springfield, Illinois. Aunque intentaba mantenerlo en secreto, Kenweth planeaba vender caballos a ambos lados. Era un juego que lamentaría en el futuro, porque en Asheville había más gente hablando sobre su negocio de lo que él mismo hablaba. "Cuenta a una novia, cuenta al mundo", dice el viejo dicho, pero aquí, eso y el banco observaban mientras se aclaraban los giros respecto a dónde iba el dinero. Rastrearon el dinero y, por lo tanto, nada era realmente confidencial a medida que la guerra se intensificaba. En este momento, estaba en la fase de recolección, luego estaría en la fase de postura, y cuando se pusiera caliente y sangrienta, estaría en la fase de victoria y entonces vendría la fase de búsqueda y entierro. Las reuniones y posturas habían comenzado, el verdadero infierno aún estaba por venir. Pero en este momento, lo que la gente quería eran noticias.

Kenweth Lee Othorio, quien dirigía la caballería y había ordenado los caballos para venderlos a los ejércitos, tuvo que haber descubierto las oficinas de adquisiciones y lo que la confederación estaría dispuesta a pagar por buenos caballos. Tenía un carpintero y un fabricante de ruedas, manteniéndolos en la cuerda, por así decirlo, trabajando en un vagón de carga de muestra, un transporte de tropas y un caison para servicio de cañones. Estos prototipos estaban hechos de buen roble, y una nota interesante sobre el transporte de tropas fue que había hecho la suspensión y las ruedas extra pesadas y los lados de roble de cuatro pulgadas de grosor en cuatro capas. Esto hacía que el carro fuera pesado, pero era un intento de blindaje para los lados del carro, que no era obvio, como lo sería el metal desde el exterior. Esto, esperaba, impresionaría al oficial de adquisiciones y obtendría un precio premium por cada carro, vendiendo la durabilidad como una característica también. Todo dependía de la capacidad y la habilidad para ganar dinero. Por supuesto, el padre de Kathy, Spencer Generase, necesitaba vehículos de caballería y caballos para sus entregas, y tenía un buen arreglo razonable con Kenweth. Sí, había incertidumbre con la guerra, pero estaba en la fase de reunión sin las muertes todavía, y el sur era optimista, todos excepto los veteranos de la Guerra de 1812 y las Guerras Indias. En una verdadera guerra por una razón, generalmente, había más sangre que dinero restante y el hombre que ganaba el dinero era el enterrador, quien, por cierto, estaba pujando por bosques para hacer sus ataúdes. Iba a ser un gran negocio. Sí, el negocio funerario, porque verás, el gobierno también estaría licitando esos contratos. De hecho, habría inflación generalizada en todos lados. Recuerda que el padre de Kathy con la tienda general había preordenado armas en pistolas y rifles y munición, y estas habían sido escondidas en las tierras de Jackson en búnkeres vigilados. Ahora estaba cerca del momento de obtener ganancias con ellos, porque durante la euforia de la fase de reunión, aquí estaba inherentemente la fase de equipamiento y después de las primeras pocas batallas con pérdida de equipos y robos. Los colaboradores en este proyecto estaban listos, esperando los desastres; batallas lejanas que generarían la necesidad de un reemplazo, los caballeros estaban listos para ayudar al mejor postor con la entrega rápida de equipo y armas de reemplazo.

Stamford Jackson, el padre de Susan, director del Banco de Asheville y un gran terrateniente de granjas a lo largo de las montañas, tenía a sus esclavos; los que no se habían escapado estaban trabajando en cultivos de productos y cultivos básicos, carne de res y cerdos y aves de corral y tenía un alambique para bebida espirituosa, "para propósitos medicinales - únicamente", así como aserraderos a lo largo de las montañas cosechando madera para traviesas de ferrocarril, los carros que necesitaban construirse y vigas para obras de tierra, y por supuesto escaleras y para reemplazo en edificios y demás. Las propiedades de Stamford eran vastas, y su negocio estaba integrado verticalmente en muchos aspectos, pero todos se basaban en trabajo esclavo. La intención de Stamford era ser un proveedor importante de bienes para la confederación, y dado que tenía esclavos, no buscaba comerciar en ambos sentidos con el yanqui. Recuerda que él y el presidente del banco, Eunicile Webser, eran amigos ya que Stamford estaba en la junta del banco, por lo que sabía que los dólares confederados habían llegado y cuándo era la fecha de conversión. Mientras tanto, buscó convertir la mayor parte de sus cuentas de efectivo en oro, que era lo que le quedaba y convertía justo antes de la secesión. Así que, un día, fue al banco y le pidió al Sr. Webster que ordenara el valor de sus cuentas en oro. Y aquí estaba la señal. El Sr. Webster le dijo que tendrían que ordenar oro de Raleigh, que les faltaba algo para igualar sus cuentas y que podría tomar unas semanas conseguir un envío. Una pequeña campana sonó en la cabeza de Stamford. No dijo nada, ya que podía consultar con Susan, su hija que trabajaba para el banco.

Susan, mientras tanto, estaba embarazada. Había llevado bien todo su embarazo, pero ahora se había vuelto incómodo ya que estaba cerca de término, y sus tobillos se hinchaban de estar sentada en su escritorio, y no podía agacharse para los archivos ni subir ninguna escalera de archivo para obtener registros. Susan soplaba y soplaba con respiración pesada e incomodidad, mucho menos teniendo que visitar el baño a veces tres veces en una hora y media. Susan estaba lista para tener este bebé. También lo estaba Paul. Estaba primero en su mente.

Un día, tres semanas después, Paul estaba trabajando en la oficina del Sheriff pero vio a Tracker caminando, quien se detuvo junto a la ventana y saludó con la mano. Esa era la señal para encontrarlo en el diner de Soco al día siguiente. Tracker no quería entrar a la oficina del Sheriff ya que las rejas de la barra lo ponían nervioso.

A la mañana siguiente, Paul besó a Susan, se vistió, agarró una galleta, ensilló su caballo y se dirigió a su encuentro con Tracker en un pequeño restaurante sin pretensiones en la carretera. Como el restaurante estaba en la Reserva, servían a indios así como a blancos, pero no a personas de color ni a chinos. Era simplemente la manera en que eran las cosas en ese momento. Paul se dirigió al oeste a un trote lento. Tenía mucho tiempo, y mientras se dirigía a través de West Asheville y hacia las Montañas Humeantes, practicaba ser hiperobservador, buscando signos de problemas, ya sabes, la guerra y todo eso. E incluso se detuvo para mirar bajo algunos de los puentes solo para identificar sabotajes si estaban ocurriendo. Paul llevaba un revólver de la época y un rifle, y tenía un cuchillo en su cinturón, aunque la placa en su pecho y su larga experiencia y actitud oficial lo llevaban lejos con el público. No le perjudicaba haber contraído matrimonio con Susan, quien era una figura central agradable en el banco y tenía muchos clientes, tanto grandes como pequeños. Asistían, cuando podían, a la Primera Iglesia Bautista de Asheville con muchos miembros, y el hecho de que cuando el Sheriff Billy Wayne Weatherman, su jefe, se retirara, Paul anticipaba obtener su respaldo en su candidatura para Sheriff... si la guerra no lo reclutaba primero. Así que, las cosas eran razonablemente positivas, suponiendo que el bebé llegara bien, y que Tracker tuviera algo. Debía tenerlo, pensó Paul, de lo contrario no habría caminado directamente hasta Asheville para señalarlo. Al mismo tiempo, Tracker y Skip se dirigían al este a través del valle para llegar a la carretera principal por Soco Gap, donde estaba ubicado el restaurante. Cronometró su partida y su caminata para llegar justo cuando Paul llegaba también. Le mostraría a Paul las pruebas afuera antes de entrar y se las entregaría directamente a Paul. Harían de ellas lo que pudieran, y sí, había una marca en la esquina de la camisa. Era una marca Cherokee. Pero aún no sabían de quién era la marca.

Fue el jueves siguiente cuando llegó el bebé, Susan luchó, pero después de 12 horas de trabajo de parto, el Dr. McLandish trajo al mundo un bebé de ocho libras llamado Bradley Jackson Edgars. Tenía el cabello rubio y ojos azules y estaba hambriento desde el principio. Paul lo recogió y su corazón se derritió de emoción, el hombre adulto se emocionó. Ahora era padre, la verdadera cosa. Paul y Susan estaban extasiados, al igual que Stamford y Joan Jackson. Sería un día para recordar, ya que las cosas cambiarían con el tiempo. La amiga de Susan, Kathy, llegó para ayudar a cuidar al bebé, pero era tan imprudente como lo eran los padres y abuelos con el pequeño Bradley. Había alegría en la mañana en la casa de los Edgar.

El diputado Paul le había pedido a Tracker que averiguara dentro de la reserva sobre la marca en la esquina de la camisa. Tracker fue de albergue en albergue preguntando a las mujeres que podrían haber visto esa marca. Dijeron que parecía que nadie la estaba usando ahora, y no la habían visto haciendo lavandería ni colgando en una cuerda, pero dijeron que estarían atentos a ella y contactarían a Tracker si aparecía en algo.

Tracker tomó un descanso, y luego, con Skipper, el perro, decidió subir el sendero donde encontró la camisa hacia el norte, buscando más señales. Sería un viaje de seis días, y esta vez, empacó un poco más pesado y abandonó silenciosamente la aldea, vectorizando para cruzar el sendero en ángulo, cortando algunas millas del terreno que ya había cubierto. Había todo tipo de senderos vectorizando y cruzando la reserva, por lo que no fue difícil encontrar uno que funcionara a favor de Tracker.

Mientras tanto, la guerra entre los estados se intensificaba, con las primeras batallas siendo Manassas, Philippi y Shiloh, y las pérdidas comenzaban a llegar. Aún no había escasez. Sin embargo, el norte había dejado de mover algunas mercancías al sur porque las líneas de tren se habían tomado para mover ejércitos y armamentos.

La inversión de Kenneth Otario en caballos para vender tanto a la confederación como a la unión se estaba convirtiendo en un empeño ansioso, ya que no había habido suficientes batallas todavía para haber agotado caballos que crearan la demanda que Kenneth esperaba. Mientras tanto, mientras esperaba telegramas de los oficiales de adquisiciones de ambos lados, los caballos estaban comiendo. Y comiendo y comiendo. Además, en Springfield, Illinois, Kenneth tenía tarifas de establo para almacenamiento acumulándose. Por lo tanto, ese lote que propuso vender al público a un precio razonable. Telegrafió a su establo allí para colocar anuncios en el periódico para la venta, y probaría el mercado de caballos con el público del norte. No importa que estuvieran medio domados y aún un poco salvajes.

Allí en Asheville, Kenneth telegrafió al oficial de adquisiciones del distrito confederado en el noreste de Virginia, que era Adolphus Mabry, reduciendo el precio de este primer lote de caballos para establecer una línea de suministro. Esperó las respuestas a ambos contactos y luego intentó vender algunos de estos caballos local y regionalmente, también.

Un poco de tiempo diría cómo le resultaba este empeño. Sin embargo, Kenneth era emprendedor, y el éxito generalmente llegaba a quienes trabajaban por él. El establo estaba ocupado y podía encargarse de la alimentación de los caballos. La próxima vez que viera a Stamford Jackson, le preguntaría primero si necesitaba caballos para su negocio de agricultura o tala y aserradero, y segundo, si no, le arrendaría algo de pastizal por un tiempo. Eso, pensó Kenneth, podría ser una buena solución a su dilema. Mientras tanto, la guerra en el este continuaba, principalmente en Virginia, con el sufrimiento allí y el precio que pagaban los hombres y mujeres de muchos estados confederados. Hasta ahora, Asheville había sido perdonada excepto por mercancías que habían estado llegando del norte.

El mayor impacto en Asheville y las granjas circundantes era la falta de hombres para supervisar el negocio de los ayudantes persiguiendo altercados entre propietarios de esclavos y sus esclavos o fugitivos. Esto era una distracción para Paul, quien ahora era un nuevo padre y un ocupado ayudante con un flujo de fraudes de guerra y robos menores.

Mientras tanto, Tracker había dirigido su camino hacia el norte, justo por encima de donde se detuvo la última vez. Él y el perro Skipper recorrieron el sendero, luego retrocedieron y subieron por el arroyo, buscando más señales. Trabajaron durante días, realizando campamentos ligeros y estudiando cada parte del sendero y del lado del arroyo. Arriba y abajo, arriba y abajo. El trabajo era tedioso y duro. Había, por supuesto, evidencia de indios cazando en esta tierra: viejos anillos de fogata y algunas flechas gastadas. Al octavo día, junto al sendero principal, encontró un palo que sobresalía e hizo un poco de excavación. Había un trapo ensangrentado, o un trapo con sangre seca como si hubiera sido usado para limpiar un cuchillo o un tomahawk u otra arma. "¿Por qué no quemar ese trapo?" pensó, sin embargo, recordó que el asesino no quería hacer fuego para señalar su paradero. Tracker guardó el trapo en su posible bolsa y marcó el lugar fuera del sendero con un montón de piedras. Era como si la tierra estuviera gritando para contarle sobre el horrendo crimen.

A la mañana siguiente, Tracker y el perro Skipper se dirigieron de nuevo al norte. Peinaron el sendero y los lados del arroyo otra vez. Nada surgió hasta el día siguiente, y encontraron donde un hombre había salido del sendero, dirigiéndose hacia el noreste. Lo siguieron y finalmente llegaron a un corte del ferrocarril a través del paso de la montaña. Los rieles iban de este a oeste, y así Tracker dedujo que el asesino se subió a un tren, pero no sabía en qué dirección. Tracker se dio la vuelta y se dirigió a casa. No había mucho más que hacer en ese momento. Informaría de sus hallazgos al Sheriff adjunto Paul. El pequeño perro jadeaba a su lado.

Capítulo 2

Kathy Generase, cuyo padre poseía la tienda general más grande de Asheville, realmente disfrutaba cuidando al hijo de Susan y Paul, el bebé Bradley Jackson Edgars. Cuando Susan estaba a punto de volver a trabajar, Kathy aceptó cuidar a Bradley por casi nada de dinero, algo, pero muy modesto. Kathy venía a la casa cada día temprano y se iba cuando Susan regresaba a casa. Dado que Kathy había ayudado a su padre en la tienda general, arregló para venir y trabajar de 6 a 8 cuando la tienda cerraba. Su padre, Spencer Generase, estuvo de acuerdo con este arreglo, ya que estaba en la tienda la mayor parte del tiempo. Seis meses después de la guerra, había algunas escaseces de productos que venían del norte, pero como Asheville era agrícola en el área circundante, la tienda podía conseguir alimentos. Eran en gran medida herramientas y productos de metal lo que era un poco más difícil de obtener ahora. Sin embargo, Spencer había, durante mucho tiempo, hecho contactos para conseguir lo que necesitaba, incluso si pagaba un precio premium al por mayor. La madre de Susan, Joan Fontain Jackson, era tan entusiasta como todas las abuelas con el bebé y lo visitaba casi cada dos días, dando consejos y haciendo ropa para Brad al estilo de Nueva Orleans. Mientras tanto, el abuelo Stanford supervisaba sus muchas propiedades y realizaba comercio en tiempos de guerra por el lado, vendiendo armas, y productos alimenticios enviados por carretas desde el establo de Kenneth a Virginia hasta Richmond evadiendo la frontera y moviéndose de noche, luego hasta Richmond ya que el camino a Richmond se mantenía limpio por las tropas confederadas. Algunos envíos eran interceptados por bandas errantes, pero en su mayor parte, Stamford encontraba seguridad en números de tres a seis carretas, cada una con un conductor y un jinete. En Asheville, los hombres mayores de mediana edad no se habían ido a luchar, pero querían contribuir al esfuerzo de guerra y ganar algo de dinero, también. Aquí, conducir y proteger estas carretas satisfacía ambos objetivos y también proporcionaba una sensación de aventura para estos hombres.

Stamford Jackson y Kenneth Lee Othario habían ideado una manera de proteger las cargas de los carros con triple lado de roble y, en particular, los lados del banco del conductor en el lado por encima de la altura de la cabeza del conductor y el pasajero, de modo que sería difícil que una bala los alcanzara, excepto en un ángulo frontal. Estaban protegidos en la parte trasera con un panel de triple roble. Este era un nuevo concepto en un carro camuflado y armado que funcionaba razonablemente bien y daba confianza tanto al conductor como al guardia en su protección. Por supuesto, los caballos seguían siendo vulnerables, y esto no se podía evitar. Este era el punto débil en la armadura de los carros.

Sin embargo, Stamford Jackson enviaba carros después del tiempo de cosecha de todo tipo de productos, carne procesada y medicamentos patentados hechos en las montañas por abuelas de montaña. Estas cosas eran muy apreciadas por el ejército confederado y Stamford no era un filántropo. Cobró tanto como el mercado podía soportar y prefería que le pagaran en oro si podía conseguirlo.

En Oklahoma, el guerrero indio y asesino, Sewakahony, prosperaba en la reserva con su esposa, Eshamawa y su pequeño hijo, Neoeva. Sewakahony logró comprar algunos terneros de alimentación, y eran pequeños, pero él y su esposa alimentaban con biberón a los terneros de un par de vacas lecheras hasta que pudo pastorearlos en tierras abiertas de la reserva para ganar peso para el mercado. Esto era lento, pero dinero seguro si no les robaban el ganado. Decidió marcarlos con su marca, SM, de montaña humeante en memoria de las Grandes Montañas Humeantes de su hogar. Había usado esa marca para su identificación antes. La marca estilizada estaba en Cherokee, pero se podía ver el significado en la marca. Por supuesto, alrededor de su cabaña, Sewakahony y Eshamawa tenían algunos caballos, una yegua de cría y dos sementales y un potro, gallinas, cerdos, cabras y nuevos terneros. Había muchas cercas en la propiedad. Tuvieron que pagar caro por la madera para hacerlas, ya que no había bosque donde estaba situada su cabaña. Sin embargo, para llegar allí, fueron necesarias muchas excursiones con el carro durante un periodo de meses para recoger suficientes postes para esta valla. Los ancianos, sentados, observaban todo este trabajo y se preguntaban, ¿quién es este valiente, que viene del este? Debemos averiguar más sobre él. Así que, en consejo, el quinto día de abril de 1862, encargaron a uno de sus valientes tenientes, por así decirlo, que se dirigiera al este con oídos para escuchar quién era Sewakahony y más sobre él. En lugar de subirse al tren, los ancianos tribales reunieron suficiente para un boleto. Este valiente tendría que ganarse el camino de regreso.

El discreto bufete de abogados de Johnson Taylor y Young continuaba prosperando, con el trabajo legal regular y la presentación de escrituras de renuncia contra propiedades de hombres que habían dejado sus tierras y familias para ir a soldar, además de la compra y venta de bienes de contrabando y dinero en efectivo por oro, es decir, planes confederados de dinero en efectivo por oro, los abogados hicieron una suma considerable confidencial que en oro, mantenían en sus bóvedas y el dinero confederado usaban sus conexiones para convertirlo ya sea en oro o en propiedad, propiedad comercial si podían, o tierras de cultivo de madera. Incluso viajaron al este hasta la costa para comprar con dinero confederado bosques de loblolly, instalaron aserraderos y alcanzaron sitios para almacenes navales, vendiéndolos tanto al sur como al norte a través de agentes en el sur y el norte. Por supuesto, el trabajo era realizado por un capataz y trabajadores esclavos. Estos eran verdaderos activos comprados con dinero confederado pero vendidos por oro.

En silencio, los abogados compraron una herrería. Básicamente, era una fragua en las afueras de Boone, y adquirieron de Bretaña un molde para un cañón modesto para forjar y fundir. Se hizo en dos fundiciones y forjado con banda. Estos fueron comprados, por supuesto, con dinero confederado y vendidos por oro al gobierno confederado. Los cañones resultaron útiles, más como morteros con una carga más ligera de pólvora ya que los barriles fueron fundidos en dos piezas. Sin embargo, eran mortales con metralla a un rango razonablemente corto.

A medida que el bufete de abogados prosperaba en silencio, la señorita Fanny, la recepcionista, estaba al tanto de todo esto en la medida de lo razonable, y sin embargo, mantenía lealtad y no decía ni una palabra. Y de vez en cuando se le permitía participar en una empresa. Todos pensaban que cuando estallara la guerra, todavía habría dinero que ganar. La señorita Fanny tenía necesidades simples y placeres simples. Solo quería participar y tener un pequeño colchón, con guerra o sin ella.

George Whipple, el presidente del Banco de Asheville, pasó por la casa de Susan Jackson Edgar para hacerle una visita y preguntar si y cuándo Susan volvería a tiempo completo. Susan había arreglado con Kathy Generase que se quedara con el bebé para no tener que ir en medio día. La razón por la que el Sr. Whipple quería que trabajara más era porque el auditor estatal Frank Gilmore volvía para un seguimiento y necesitaría su ayuda. Sin que Susan lo supiera, el Sr. Whipple sabía que su banco estaba respaldado con activos defectuosos y que el oro había sido movido. Necesitaba un chivo expiatorio. Susan era la primera opción obvia. Esto sería un hilo complicado de enhebrar ya que Stanford Jackson, el padre de Susan, estaba en la Junta del Banco. También hacía plausible su plan. Susan aceptó trabajar días completos, tres días a la semana. Como era competente, entrenada y atractiva, era bueno para el Sr. Whipple. Podría más tarde representar un desafío para Susan.

En una mañana temprana, Paul Edgars estaba en su oficina cuando un visitante llegó para verlo. Era John Philips, el hermano de Socon Philips. Paul no lo había visto desde el funeral, así que lo saludó y se sentaron. John estaba en buen estado, pero quería saber cómo iba el caso de asesinato de su hermano y si había habido algún avance o alguna información o si podía ser de alguna ayuda. Paul le habló de algunas pistas en términos generales y que estaba esperando a que sus informadores le contactaran, lo cual sería pronto, y que iría al lugar de John para mostrarle lo que había encontrado. John se fue de manera amistosa, y a

Paul le alegró que no estuviera molesto por la demora en encontrar justicia aquí. Paul sacó la camisa de nuevo y la revisó. Las salpicaduras de sangre estaban allí, en la esquina del faldón de la camisa, no la había visto antes, estaba invertida con líneas onduladas encima. Muy pequeña. Mmm, pensó, necesito ir a Soco y ver qué se sabe sobre eso. Como era temprano por la mañana, consiguió algunas provisiones y se dirigió hacia Soco y la reserva. Paul se tomó su tiempo simplemente avanzando, pero una vez en la reserva, comenzó realmente a buscar señales. Señal de la V invertida con las líneas onduladas. No sabía qué podría significar. ¿Era el propietario de la camisa, el fabricante de la camisa o simplemente una marca de lavandería? Paul no lo sabía pero buscaba esa marca en todas partes. Se detuvo por la oficina de cumplimiento de la ley de la reserva, que en realidad era una choza. Iba a llevar la camisa adentro y luego lo pensó mejor porque podrían querer incautarla ya que el asesinato ocurrió en la reserva y podrían tener derechos de custodia. Así que Paul hizo un dibujo de la V invertida y las líneas onduladas en un papel y preguntó si sabían algo sobre esa marca. El asistente lo remitió al oficial a cargo, quien miró el papel y luego a los ojos de Paul. No dijo mucho, pero Paul supo que el hombre estaba familiarizado con la marca y no iba a revelar nada sobre ella.

En realidad, la marca que representaba al viento sobre la montaña era un signo de un clan, y el oficial no solo sabía lo que era, sino que era miembro de ese mismo clan, o gran familia, por así decirlo. Esto le presentaría un problema a Paul en algún momento, pero no ahora, ya que el hogar del oficial adjunto de la aplicación tribal era Hosekahony y sería un primo directo del asesino, Sewakohony. Paul agradeció al hombre y continuó hacia el restaurante, donde él y el rastreador solían reunirse y compartir el pan. Una vez allí, Paul ató su caballo y entró para tomar café y un pedazo de pastel. Le pidió al propietario que mirara su papel que mostraba la V invertida y le preguntó: "¿qué es esto?" y él respondió, esto es un símbolo de clan, sin embargo, no lo reconozco como activo en el reconocimiento del gobierno tribal ahora. Debe ser antiguo, no en uso regular. Esto le pareció extraño a Paul, pero había leído sobre clanes en Irlanda y Oriente Medio de antaño, que datan de la

Edad Media. Pensando en esto, Paul discernió que esto podría ser un clan subterráneo de resistencia cherokee de una familia de antiguas líneas. Paul decidió aventurarse más en la reserva para verificar si podría haber tales tallas o pinturas o tótems que mostraran la V invertida o un signo o runa con líneas onduladas o lo que fuera. También quería visitar a uno de los ancianos tribales, quien era amigo de su padre y que podría tener una idea sobre el signo. Así que, buscando a lo largo de varios senderos y en el mercado, Paul no vio ningún signo que se pareciera a la V invertida. Acudió a su amigo de la familia, el Anciano Cherokee Lobo Corredor, que tenía 83 inviernos y se había hecho amigo del padre de Paul mientras cazaban en las montañas y quir difíciles. Lobo Corredor se hizo amigo de él, así que Paul fue bienvenido en la casa de Lobo Corredor, y mantuvieron contacto cercano. Después de muchas cortesías y conversaciones, Paul mostró su papel con la V invertida y le preguntó a Lobo Corredor al respecto. Lobo Corredor meditó, luego se retiró a su dormitorio, y Paul pudo escucharle rebuscar. Lobo Corredor salió con un pergamino oculto que parecía muy antiguo. Lo desenrolló sobre la mesa de la cocina. Estaba marcado con muchos signos. Sin embargo, en verde sobre el cuero estaba marcado V^ con líneas onduladas sobre él. Y Lobo Corredor explicó que su nombre era Nubes sobre la Montaña. Dijo que era un clan antiguo que no estaba reconocido ahora porque era un clan oscuro conocido por operaciones clandestinas que habían sido prohibidas por la tribu durante siglos. Lobo Corredor había obtenido esta piel de pergamino de su padre, quien la recibió de su bisabuelo, y databa casi de la obscenidad histórica.

Paul no reveló su hallazgo del pantalón y el signo en él a Lobo Corredor. En su lugar, invitó a Lobo Corredor al bautizo de su nuevo pequeño hijo, que se celebró el domingo siguiente para Jackson Edgars, y pidió a Lobo Corredor que decidiera un nombre de hermano cherokee para que pudiera ser purificado después del bautizo. Así que, aquí, Lobo Corredor tomó su larga pipa y dijo ceremoniosamente, "Pidamos al Gran Espíritu mientras la fumamos".

Encendiendo la pipa, Paul olió el tabaco fuerte, y Lobo Corredor dio una larga calada y luego pasó la pipa a Paul, quien dio una calada muy corta pero sostuvo la pipa con reverencia. Lobo Corredor cerró los ojos, y luego pareció que pasó mucho tiempo, mientras descansaba, respirando muy suavemente, con los ojos cerrados y finalmente levantó los ojos y puso sus manos en el aire y anunció que el nombre cherokee del bebé sería Amigo de las Nieves, porque había conocido a su abuelo en la nieve y se habían vuelto amigos finales, Paul estuvo muy de acuerdo. Ambos dieron otra calada a la pipa, y luego Lobo Corredor la despejó y la colocó suavemente a un lado. Para celebrar la decisión, Lobo Corredor tomó un tambor ceremonial, que duró quince minutos. Y luego, descansaron. Al oscurecer, Lobo Corredor le pidió a Paul que se quedara a pasar la noche después de la cena. Como era una buena cortesía ya que Paul era como de la familia, se esperaba que Paul se quedara, así que él accedió. La esposa de Lobo Corredor comenzó a preparar la cena mientras Paul avivaba el fuego y Lobo Corredor iba a por agua. Habrá festividad y buena conversación esta noche en la sencilla casa cherokee en el Soco.

Paul se excusó para cuidar de su caballo y luego caminó por la aldea mientras esperaba la hora de la cena. Lobo Corredor caminó con él mientras discutían la investigación del asesinato y los viejos tiempos, y Lobo Corredor le dio indicaciones precisas de las mejoras que se habían hecho en su pequeña granja. Una mejora importante fue un nuevo granero que tenía espacio para el ganado y una estación de parto y una sección de ordeño, así como un desván para almacenamiento de heno y, en una esquina, un pequeño alambique que Lobo Corredor había encontrado en sus andanzas por las montañas. No estaba operativo, aunque podría alegar que era para la medicina tribal.

Desde Oklahoma, el emisario del anciano tribal que había sido designado para investigar Sewakahony había entrado en Georgia y estaba viajando lentamente por los caminos del bosque, que ahora eran en realidad senderos de viaje, de siglos de antigüedad, hacia el límite de 50 millas de la reserva. Allí, comenzaría a hacer preguntas discretamente entre sus parientes y allegados. En cada lugar de consulta, se presentaría ante la persona a cargo y mostraría documentos que acreditaban su autorización para la investigación de los Ancianos. Decía que se trataba de un asunto tribal, muy confidencial, y solicitaba hospitalidad para su emisario.

Capítulo 3

Paul Eggerton, teniente del sheriff, estaba visitando a Running Wolf en la reserva y había sido invitado a cenar. Al terminar un paseo, regresó al albergue de Running Wolf y se lavó para la cena. Las mujeres habían estado cocinando mientras Paul estaba en su paseo. Cuando la familia se reunió, Running Wolf extendió sus manos y dirigió una oración, y luego la familia se sentó a una larga mesa. Paul esperaba con ansias comer filete de venado, pavo salvaje, batatas, maíz y judías verdes. De postre, había manzanas asadas. Para beber, había un té rosado hecho de zumaque y endulzado con miel. Después de una presentación formal, todos fueron servidos. Running Wolf preguntó a cada niño lo que había aprendido ese día. Era una tradición suya. Cada uno, a su turno, respondió con su aporte vocal al tema. Finalmente, Running Wolf habló de cómo había tenido un buen día mostrando a Paul los alrededores, y Paul le contó lo que había aprendido mientras caminaba por la reserva. Mientras las mujeres recogían la mesa, los niños rogaron a Paul que les contara una historia. Esto ha sido una tradición desde que Paul visitó a Running Wolf. Los niños sabían que Paul era amigo de su padre, y amaban sus historias, que a veces trataban sobre perseguir ladrones o sobre su pequeño hijo, Bradley. A veces, Paul hablaba de la ciudad de Asheville, y los niños quedaban embrujados, pues nunca habían viajado fuera de la reserva. Paul hablaba sobre domar caballos, disparar rifles, historias de fantasmas de Asheville y sobre cosas que los niños conocían, caza, pesca y juegos. Por supuesto, Paul hacía muchas travesuras mientras contaba estas historias, y los niños reían alegremente. Después de las historias, era hora de que los niños hicieran algunas tareas, luego entrar, lavarse y prepararse para dormir. Paul y Running Wolf fumaron y hablaron de los viejos tiempos. Luego, mientras las mujeres acostaban a sus hijos, los hombres buscaron sus camas, el fuego se apagó y hubo sueño en el campamento.

Durante la noche, todos descansaron ya que tenían el estómago lleno, buen humor y ninguna preocupación que los inquietara, al menos por ahora. La mañana siguiente llegó temprano para Paul, pero quería comenzar el viaje de regreso a su lugar en Asheville, así que estaba ensillado para las 6:00 después de abundantes agradecimientos a todos y cabalgó de regreso al este hacia Asheville a un ritmo tranquilo. Paul había aprendido lo que había venido a buscar y también muchas otras cosas sobre su familia adoptiva y amigos. Era interesante para Paul ver cómo vivían y ver cómo morían. La vida en la reserva no podía darse por sentada. Paul también estaba agradecido por la amistad de Running Wolf.

Paul cabalgó directamente a casa para ver cómo estaban Susan y Brad. Paul encontró a Susan y Bradley bien, pero el montón de leña estaba un poco escaso, así que supo que tendría que cortar un poco de leña por la noche. Resultó que Susan había dado algo de su leña a una mujer que ya había perdido a su esposo en una batalla temprana en y alrededor de Greensboro, y como viuda, era difícil realizar las tareas del exterior si no tenía jóvenes que ayudaran en la familia.

Paul se registró con el sheriff interino e hizo su informe. El sheriff interino, Billy Wayne Weatherman, reconoció que había oído hablar de un clan de asesinos de antaño entre los Cherokee, aunque no había escuchado nada al respecto últimamente, en el tiempo que ha sido sheriff durante los últimos quince años. Era más una leyenda, que había oído entre los habituales de la reserva y escuchado historias de bar contadas hasta altas horas de la noche. Pasaría aún una semana antes de la próxima reunión de Paul con Tracker, pero Paul tenía tareas locales de aplicación de la ley que atender y algo de tiempo que recuperar con Susan y su pequeño hijo Bradley.

Mientras tanto, los hombres que se alistaron con la confederación se habían reunido con los jóvenes de Pettigrew de la Universidad de Carolina del Norte y subieron a defender Richmond. Algunos fueron a la costa bajo el mando del General Johnston para defender Wilmington. Comenzaron a producirse batallas, y las listas de bajas se publicaron en el ayuntamiento. Las esposas revisaban las listas todos los días. Se colocaron copias escritas en las iglesias de las áreas rurales para aquellos que no podían llegar al pueblo. Se avecinaban malos tiempos. Era fácil hablar de guerra, ganar una guerra, pero llevar a cabo una guerra era otra cosa. Lo peor de todo es que las familias tenían que ir y recuperar los cuerpos de los muertos. Primero, tenían que encontrarlos. Ahora, el proyecto de caballos de Kenneth Lee Othario parecía un poco mejor ya que ambos lados perdieron sus pobres caballos por el fuego de artillería, el cañoneo y el agotamiento. Surgió un mercado de demanda de caballos, y aunque gradual, apareció un mercado para reemplazos tanto para los azules como para los grises. Kenneth hizo sus contactos en ambos lados. Había comprado inventario de caballos temprano y los había estado alimentando, por lo que necesitaba obtener un buen precio por ellos, lo cual iba a ser un desafío. De hecho, que le pagaran también iba a ser un desafío. Sin embargo, Kenneth estaba dispuesto, hizo sus contactos, y se preparó para la entrega.

El emisario de Oklahoma ahora estaba haciendo indagaciones informales en los márgenes de la reserva sobre Sewakahony y si tenía algún pariente en el área. De qué clan podría ser, cómo vivía antes de irse, y si alguien tenía una idea de por qué podría haberse ido repentinamente. Eventualmente, sin embargo, el emisario necesitaba acercarse a los ancianos antes de que el rumor llegara a ellos de que había un extraño haciendo preguntas. Así que el emisario se dirigió directamente con sus credenciales al lodge administrativo del jefe para presentarse y presentar sus documentos de los ancianos tribales de Oklahoma. Obtuvo una audiencia con el jefe después de esperar tres días. Y así Manakee, "corre tan lejos", conoció a Santeela, gran jefe de los Cherokee, presentó sus credenciales y planteó sus preguntas sobre Sewakahony. El jefe, Santeela, dijo que haría indagaciones entre los ancianos y convocaría a Manakee en tres días. Mientras tanto, le ofreció un lodge de búsqueda para quedarse y le ofreció cenar con los ancianos esa noche. Manakee estaba agradecido, pues había viajado largo y arduo. Encontró las acomodaciones del lodge adecuadas y descansó, luego se arregló para conocer a los ancianos esa noche.

En el municipio de Asheville, el padre de Kathy, Spencer Generese, quien poseía la gran tienda de campo en Asheville, se preparó para un viaje vendiendo armas a la confederación. Sacando rifles de su escondite, pólvora y municiones, había encargado previamente construir un carro a través del novio de Kathy, el dueño del establo de caballos, Kenneth Lee Othario. Este era un carro de carga resistente con cubierta de lona y un doble tablero del piso para esconder las armas. Cargó el carro con barriles de carne de cerdo salada y productos secos para llevar y vender a la Confederación, así como las armas. El carro tenía un cuarto para dormir justo detrás del asiento protegido del conductor, y estaba construido para viajar seguro en carreteras a través del estado. Spencer planeaba salir en medio de la noche para bajar la montaña antes del amanecer, y Kathy iba a cuidar la tienda mientras él estuviera fuera. Kenneth se dirigía a Morganton, bajando la empinada cordillera de Black Mountain. Cuando salió el sol, estaba en esa pendiente, y se dirigía a Statesville, Winston, Greensboro y Raleigh para vender mercancías, armas y pólvora a las unidades confederadas que se desplegaban para la guerra. Buscaba traer de vuelta hardware y suministros estacionales muy necesarios como sal y azúcar utilizados estacionalmente para hornear y conservar cerdo y carne de res, lo que vendría en la temporada cuando comenzaran las matanzas de cerdos. También quería traer a casa retazos de tela para las mujeres que cosían y aceite de ballena para lámparas y otras necesidades para abastecer su tienda. Así que Kenneth partió con calma, siguiendo el camino por la montaña a través del paso de Swannanoa y más allá, con el freno conteniendo la larga milla de descenso por la empinada cordillera de Black Mountain. Cuando salió el sol, estaba en esa pendiente, y estaba contento por más luz, lo que le permitía descender lentamente la montaña.

El sheriff adjunto Paul Eggerton buscó hablar nuevamente con su rastreador para que siguiera buscando más al norte, buscando señales del asesino de Socon Philip. Se preparó y cabalgó hacia el Soco, buscando encontrar un rastreador en una taberna que solía frecuentar. Le tomó a Paul dos días encontrarlo, habiendo impuesto una vez más la hospitalidad de Running Wolf. Realmente no era una imposición para Running Wolf contar a Paul como familia, y tenía una invitación permanente para cuando estuviera en la zona. Paul y el Rastreador se sentaron a hablar sobre lo que cada uno sabía: sobre la evidencia de la camisa, las manchas de sangre en la camisa y la evidencia del signo del clan sobre la montaña. Paul le dijo al Rastreador que fuera cuidadosamente juicioso en sus investigaciones y que estuviera siempre observador porque este clan supuestamente extinto, conocido por asesinatos a sueldo, tal vez ya no estaba extinto. Quiénes estaban involucrados, ni Paul ni el Rastreador sabían. Paul pidió al Rastreador que discretamente escuchara y buscara cualquier signo del clan mientras investigaba el asesinato de Socon Philips. Paul pagó al Rastreador por suministros necesarios para una búsqueda extendida y le despidió. Necesitaba llegar a casa después de dos días fuera. Paul cabalgó un poco más rápido esta vez, tratando de ganarle a la puesta de sol para llegar a casa. Necesitaba ponerse al día con su esposa, Susan, y su pequeño hijo, Bradley.

Susan tuvo un día difícil y estaba lista para salir temprano del banco esa tarde. Brad la había mantenido despierta la mitad de la noche, y el presidente del banco, Eunicile Webster, había estado llamándola frenéticamente a su oficina todo el día ya que había recibido un telegrama de que el auditor del banco, Frank Gilmore, volvería para verificar los activos, esta vez los activos físicos. Tenía al Presidente Webster inquieto, aunque Susan no entendía ninguna razón por la cual. Las bolsas estaban en la bóveda como siempre. Susan no conocía nada incorrecto.

La señorita Fanny, secretaria y recepcionista de Johnson, Wipple, Taylor y Young, había terminado su trabajo y se quedó dormida un momento en su escritorio cuando a la 1:30, un golpeteo en la puerta la sobresaltó y la despertó. Tardó un momento, luego se levantó y contestó la puerta, enderezándose el pequeño sombrero mientras se dirigía hacia allí. Fanny abrió la puerta, y allí estaba el presidente del banco Eunicile Webster, frotándose las manos en un estado puro de ansiedad nerviosa. Pidió ver a los abogados, a todos ellos en privado, y Fanny escoltó al Sr. Webster a la sala de conferencias y lo sentó, le trajo un refresco de zarzaparrilla frío y un pequeño pastel. Le pidió que se relajara y dijo que traería a los abogados. Fanny dejó la sala de conferencias abierta y fue de oficina en oficina, solicitando que vinieran cada uno de los abogados. Cada uno levantó la vista y vino, aunque era un evento inusual, pero podían darse cuenta por las señales de Fanny que debía ser importante. Una vez que estuvieron todos dentro, saludaron al Sr. Webster con toda amabilidad y la señorita Fanny cerró la puerta y se sentó en una silla recta justo afuera junto a la puerta. No quería perderse ningún drama.

El Sr. Webster casi se largo a llorar cuando les dijo a los abogados que el auditor de bancos de Carolina del Norte, Frank Gilmore, estaba regresando para auditar los activos de la bóveda. Los abogados entendieron rápidamente el problema de Webster, ya que el auditor descubriría la sustitución del oro por el metal falso en las bolsas. Su idea era cubrir la capa superior con monedas de oro para que el auditor no cavara demasiado profundo y no revisara todas las bolsas. Las bolsas estaban contadas y marcadas por fuera para que se pudieran calcular los totales.

A continuación, el ángulo de los abogados era que el Sr. Webster, si se encontrara deficiente, y se hallara metal falso, lo tratara como un robo no descubierto. Preguntaron quién tenía acceso a la bóveda, y él respondió que Susan Jackson estaba entrando y saliendo de la bóveda casi todo el día, y también otro vicepresidente del banco, Robert Phillips. Los abogados aconsejaron echarle la culpa a Robert y Susan, acusándolos de robo bancario. Ese fue el consejo de los abogados como posición de respaldo y, dado que Billy Wayne Weatherman estaba postulando para sheriff, posiblemente este sería un gran caso para él. Sin embargo, no pensaron en ese momento en el esposo de Susan, Paul, como adjunto o en su padre, Stamford Jackson, como director del banco. A pesar de que las personas se verían afectadas, Susan y Robert eran chivos expiatorios obvios. Así que armados con la estrategia, Eunicile Webster se calmó, y los abogados le aseguraron que todo saldría bien. Le dieron un préstamo que firmó, monedas de oro con las cuales cubrir las bolsas superiores y las puso en su coche para trabajar con ellas esa noche después del cierre del banco.

Una vez cerrando esa noche, Webster abrió la bóveda y selló monedas de oro en cinco de las bolsas superiores con nuevos sellos en la parte superior. Luego cerró la bóveda, apagó las lámparas y se fue a casa, dudoso pero al menos gratificado por una estrategia secundaria.

Spencer Generase había sacado su carreta de Old Fort Mountain y decidió detenerse por la noche en Morganton después de enviar un telegrama al oficial de adquisiciones confederado, el Coronel Adolphus Mabry, en Raleigh. Tenía mercancías para vender al ejército y quería que el servicio pusiera en camino una carreta hacia él desde Raleigh para encontrarse en Winston-Salem para el pago y la transferencia de las mercancías. Spencer le pidió que respondiera a la oficina de telégrafos en Statesville con una respuesta para poder seguir moviéndose hacia el este y no quedarse en Morganton.

La señorita Fanny estaba angustiada por lo que había escuchado en la reunión entre sus abogados y el banquero Eunicile Webster. Había llegado a su escritorio y escrito en un bloc de notas la fecha y hora de la reunión y un esquema de lo que se dijo. Lo guardó en su bolso para llevárselo a casa.

El Rastreador comenzó de nuevo en el lugar donde se encontró el cuerpo de Socon Philip. Se dirigía más al norte esta vez, con el perro Skip a su lado. A cada paso, el Rastreador buscaba señales. Habían pasado meses, sin embargo, el Rastreador examinaba todo lentamente y metódicamente. ¿Había alguna señal adicional después de todo este tiempo? Cuando el Rastreador se acercó a una bifurcación en el sendero, la que tomó la última vez y la que baja por el arroyo que entra debajo de donde había encontrado la camisa, debajo de la roca cerca del arroyo, tomó la bifurcación izquierda junto al arroyo, buscando cuidadosamente señales. Llegó al lugar donde la roca sobre la camisa había estado apilada, mirando, mirando, deteniéndose, mirando, y luego se detuvo a descansar unos momentos y a acariciar al perro Skip, que permanecía justo a su lado. Sentándose en silencio, los pájaros comenzaron a cantar y las ardillas a corretear. El arroyo aún no había revelado su secreto del asesino indio que había sido un transeúnte. El Rastreador tomó la decisión de seguir esta pista y volver al sendero superior para examinar todo lo que pudiera. Por supuesto, sabía que un guerrero asesino buscaría cubrir su rastro. Así que se esperaba que fuera difícil. ¿Por qué más se necesitaría un rastreador para encontrar señales en el bosque?

Manakee, el investigador de Oklahoma que hace referencia a Sewakahony, se había reunido con los ancianos Cherokee de Carolina del Norte y descubrió que este valiente había estado en la periferia de los asuntos tribales y era un leñador errante pero sí tenía un pequeño lugar de asentamiento y cultivaba, pero no lo había hecho durante dos años. No se le había visto. Y así Manakee estaba listo para regresar a Oklahoma pero envió un telegrama a los Ancianos con un breve informe: Periférico a la tribu, solitario y leñador. Nada despectivo sobre su carácter salvo que era un solitario. Manakee se dirigió al sur hacia la estación de tren en dirección oeste, y como había esperado, el viaje de regreso sería más placentero. El jurado aún estaba deliberando sobre Sewakahanee, que se había instalado con Eshamawa y ahora tenía un pequeño hijo, Nevo Eva. (nuevo inicio) Eshamawa no sospechaba del crimen de Sewakahanee, ya que él era industrioso y cariñoso con ella y su hijo. No parecía haber necesidad en la casa, y si surgía una escasez, el problema se resolvía en dos días. Eshamawa se preguntaba cómo iban tan bien las cosas, pero estaba agradecida. Su trabajo en la clínica era gratificante y, de nuevo, si surgía una escasez, se resolvía en cuestión de días. La vida, tal como era, en Oklahoma, caliente y seca, no podía tocar la belleza y el verdor y las hermosas aguas de la reserva de Blue Ridge. A veces, Sewakahanee sentía nostalgia de la belleza de su hogar, pero había asesinado a un hombre por encargo, y la sangre de ese hombre en el suelo clamaba por justicia.

Spencer Generase llegó a Statesville sin contratiempos y fue a la oficina de telégrafos. El Coronel Adolphus Mabry dijo que no podía disponer de una carreta para reunirse con Spencer a mitad de camino pero enviaría un jinete desde Winston para acompañarlo a Raleigh y que comprarían sus mercancías, carreta y provisiones a un precio premium y le comprarían un billete de tren de regreso a Asheville. Spencer tuvo que pensar en eso. Pero esa era la oferta sobre la mesa, y esperaba liquidar sus mercancías con una firme ganancia. Poco pensaba en el momento sobre recibir el pago en dólares confederados. Se le ocurrió después de haber respondido afirmativamente al Coronel. Luego envió un mensaje telegráfico a Kenneth Lee Oliphant, el guarnicionero, para que le construyera una nueva carreta, que con suerte estaría lista cuando volviera a casa. "Nada en la guerra o en la paz funciona exactamente como un hombre espera", pensó. "A veces tenemos que arreglárnoslas en medio de un plan". Spencer tenía demasiado invertido como para no seguir adelante con esto.

Capítulo 4

En general, Asheville en 1861 contaba en la ciudad con alrededor de 1856 personas y de eso, podría haber habido hasta un 30% de población esclava, que era el porcentaje promedio en todo el estado de Carolina del Norte. El hecho de que los personajes de nuestra historia fueran bien conocidos por los habitantes del pueblo era una característica del pequeño tamaño del pueblo y la época, y el hecho de que Asheville era más un pueblo y no estaba disperso, sino que tenía un distrito comercial concentrado. Esta familiaridad llevaba a una fácil creación de redes, y con la gran Iglesia Bautista central en el pueblo y otras iglesias al sur de ella, el tejido social de Asheville estaba cercano a las hermandades en las iglesias. Aunque el reciente secesionismo había agitado las iglesias, terminando con una Metodista Episcopal del Norte y del Sur, por ejemplo, la gente que en general se quedó en el pueblo después de que los jóvenes se fueron coexistió hasta más tarde en la guerra, 1864-65, cuando los de casaca azul de Tennessee y Virginia Occidental comenzaron a presionar en el oeste de Carolina del Norte. Aquí en 1861-62, las preocupaciones eran la escasez de productos manufacturados del norte y la protección de las cosechas en y alrededor de Asheville de las incursiones de las casacas azules.

Spencer Generese, el dueño de la tienda general en el centro de

Asheville, había emprendido un viaje a través del estado hacia el este para vender armas a la confederación y su hija, Kathy, estaba manejando la tienda. Un martes de 1862, Susan Jackson pasó por la tienda en su hora de almuerzo desde el banco y estaba angustiada, ya que la mañana había estado llena de preguntas acusatorias del equipo de auditoría del banco de Raleigh, que había venido a reexaminar los registros del banco y planeaba quedarse cuatro días. Planeaban examinar todo lo que había que examinar y la entrada de diario de $500,000 que Susan había hecho fue la primera señal evidente para motivar preguntas. La presidenta del banco, Eunicile Webster, había señalado a Susan como la persona para responder preguntas, dirigiendo al Auditor Senior Frank Gilmore hacia Susan, ya que él había estado allí previamente y tenía preguntas. Eventualmente, él y su equipo de auditoría de cuatro contarían todo en el banco. Esto tenía al Sr. Eunicile Webster un poco sudando, ya que había movido el oro fuera del banco y lo escondido y, en el proceso, había matado al conductor del vagón, testigo del robo, Socon Philips. Susan no tenía idea de todo esto. Ella estaba preocupada trabajando, criando a su nuevo bebé y acostumbrándose a manejar el nuevo billete confederado, que había sido el objetivo de la nueva conversión a principios de año. Así que aquí estaba ella llorosa en la tienda general con su amiga Kathy, quien la compadecía. Después de un rato, tuvo que caminar la cuadra de regreso cuesta arriba al banco y volver a trabajar. Kathy miró por la ventana después de ella, preguntándose por qué Susan sentía tanta presión en el trabajo estos días. Mientras tanto, su esposo, Paul Edgars, se reunía con el Sheriff Billy Wayne Weatherman sobre el caso de Socon Phillips, revisando dónde estaban antes de que él tuviera una reunión con el gran jurado y otros asuntos del caso. Paul informó que no tenían un sospechoso nombrado todavía, pero que sí tenían una pista sobre el clan del asesino y que pensaba que podría ser un asesinato por encargo. Su preocupación era que había aprendido de Lobo Corredor que el clan, viento sobre las montañas, se pensaba extinto, pero parecía que la camisa encontrada, presumiblemente del asesino, tenía el símbolo en la esquina. Esto era una pista amplia, pero ninguna persona para llevar ante el gran jurado. El Sheriff le dijo a Paul que siguiera investigando, ya que el hermano de Socon, John Phillips, hacía una consulta al sheriff todos los lunes en un intento por mantener el caso en mente para el sheriff y su ayudante. Después de la reunión con el sheriff, Paul decidió que indagaría nuevamente a lo largo de la reserva y lo haría a través de Lobo Corredor en silencio. Algo podría surgir. También haría que Tracker realizara indagaciones en un conjunto de círculos concéntricos de expansión desde donde se encontró el cuerpo y lo enviara incluso a Oklahoma si fuera necesario.

Llegó la noche, y Paul se dirigió a casa. Estaba ansioso por ver a su pequeño hijo Bradley Jackson Edgars y a Susan, que salió a las 3:00 para ir a casa y cuidar al bebé. Bradley estaba creciendo rápido, levantándose sobre todo lo que tenía delante y convirtiéndose en un escalador en ciernes. Le encantaba cuando su papá llegaba a casa, pues saltaba y reía y aplaudía de alegría cuando Paul entraba por la puerta y decía su nombre. Esto era un gran alivio para Susan, quien, después de trabajar la mayor parte del día, estaba tratando de poner la cena en la mesa para ella, Paul y el bebé. Era una buena noche feliz y cálida en la casa Eggerton esta noche, y Susan no planeaba arruinarla con su historia del banco sobre la inquisición que los auditores la habían hecho pasar.

Mientras tanto, la presidenta del banco, Eunicile Webster, estaba cerrando la bóveda para cerrar el banco por la noche y los auditores fueron a un bar clandestino para tomar una copa y una comida, y luego a una pensión a sus habitaciones. Planeaban auditar la bóveda por la mañana sin previo aviso los cuatro. La presidenta del banco, Webster, estaba preocupada por esto pero no sabía que iba a suceder al día siguiente.

Kenneth Lee Oliphant, el cuidador de la caballeriza que había estado frustrado con su intento de vender caballos tanto al norte como al sur, ahora comenzaba a recibir pedidos a medida que las batallas en Virginia se desarrollaban. También estaba haciendo carros a medida con lados altos de roble y asientos altos en el montículo del conductor. Aquí estaba el punto de venta: que el roble era menos penetrable para los conductores y el carro. Estaba recibiendo algunos pedidos de ambos lados y estaba ocupado empleando a dos carpinteros desde el amanecer hasta el anochecer. Kenneth era juicioso en sus pedidos de caballos del oeste, ya que había pedido demasiado pronto y tenía altos costos de mantenimiento en el primer lote de caballos. Quería equilibrar sus pedidos contra las bajas en batalla si podía obtener la información. Kenneth se esforzaba por hacer contactos para obtener informes de batalla e intentar interpolar el ganado perdido. Era impreciso, pero era algo. El papá de Kathy, Spencer Generese, había vendido sus armas a la confederación y regresaba a Asheville, trayendo harina de maíz y harina, azúcar y sorgo, y equipo de cocina: sartenes de hierro fundido y fardos de tela. También traía noticias de algunas de las primeras batallas e historias del gobierno confederado masculino. Había sido un viaje cuestionablemente peligroso pero razonablemente exitoso. Spencer decidió, sin embargo, que si podía contratar a alguien para este trabajo por trabajo, alguien en quien pudiera confiar o involucrarlos en su trato, le ahorraría tiempo y desgaste al pagar el flete en lugar de el arduo viaje.

El papá de Susan, Stanford Jackson, que tenía todas las propiedades, granjas, minas y madera, y esclavos para trabajar en ellas, estaba teniendo cultivos que se sembraban y se envasaban en tarros para su familia y también para la Tienda General Spencer Generese. El roble iba para Kenneth por sus carros, y la minería era de cobre y se vendía con suerte, y el hierro que se podía generar iba a la forja para hacer espadas. Una de sus esclavas negras era herborista y hacía tinturas para medicina, que Jackson le compraba a un costo modesto y vendía a la confederación para medicina. Sin embargo, tenía un problema, en los últimos años de la guerra, 1865-65, ya que los yanquis habían reclutado tropas negras en Knoxville y de vez en cuando, uno o dos de los esclavos de Jackson entonces, se escapaban y su fuerza laboral (trabajo gratuito) disminuía, no tanto como para que un extraño lo notara, pero él lo notaba.

El bufete de abogados de Johnson, Wipple, Tayor y Young buscaba beneficiarse de la guerra invirtiendo en empresas del norte que tenían promesa en el acero, el hierro, fábricas de lana y transporte ferroviario. Habían vendido sus bienes inmuebles habitacionales del sur y estaban llenos de efectivo yanqui en oro para reinvertir silenciosamente. No es que fueran traidores, era su naturaleza invertir donde pudieran obtener una ganancia. Trabajaron para Stamford Jackson y otros y tenían intereses en un molino de pólvora hacia la frontera entre Tennessee y Virginia y las florecientes destilerías en Kentucky. Nuevamente, tarde después del trabajo, la presidenta del banco, Eunicile Webster, bajó y se reunió con los abogados sobre esta auditoría. Nuevamente, la señorita Fanny estaba toda oídos.

Los Ancianos en Oklahoma tomaron su informe de Jehewhanee sobre la reputación de Sewakahony en el este. Podía notar que había secretos, pero no se le dijo qué, si acaso, lo impugnaría ante los Ancianos. Así que se casó con Eshanamawa en buena relación y comenzó a prosperar. Sin embargo, los Ancianos decidieron mantener un ojo atento sobre él y no respaldar financieramente ningún proyecto que pudiera proponer solicitando recursos tribales. Amaban y apoyaban los esfuerzos de su esposa, Eshanamawa, en la clínica y decidieron que ayudarían a la clínica, ya que todos se beneficiarían de ella.

El vaquero Jeff Shrank en Wyoming estaba reuniendo y domando ganado equino bueno como los encontraba. Era un campo abierto y podía meter una manada en un cañón y luego cercarla rápidamente, seleccionar lo que necesitaba y dejar ir a los demás. Buscaba equilibrar la manada y solo tomaba lo que sería un tercio duplicado de la captura. De esa manera, se aseguraba razonablemente de tener una fuente constante de caballos para comercializar tanto localmente como para enviarlos. Mantenía contacto telegráfico con el caballerizo en Asheville, Kenneth Lee Oliphant, y tenían un acuerdo bueno y honesto.

Era la mañana en el borde de la divisoria continental en Black Mountain, y el Sheriff Paul Eggars se reunió con Tracker en un lugar designado con vistas al valle oriental de abajo. Paul preguntó a Tracker qué pensaba y qué proponía hacer a continuación. Tracker dijo que le gustaría emprender un viaje en tren a Oklahoma para espiar en esa área y ver si podía obtener alguna pista sobre alguien que pudiera haber llegado allí y prosperado en los últimos dos años. Asistiría a una reunión del consejo e indagaría sobre el clan del viento sobre la montaña. Se vestiría muy humildemente, fingiría estar empobrecido y se presentaría como un cazador de subsistencia que busca descansar allí en la reserva por un tiempo.

El ayudante del sheriff le compró un billete a Oklahoma y un nuevo conjunto de ropa. Sugerió cuidar al perro Skip mientras Tracker estaba fuera, pero Tracker dijo que él también iría. Así que se decidió que Tracker iba a entrar en la guarida del asesino a sueldo de Socon Phillps sin saberlo.

Capítulo 5

Uno de los principales desafíos de Asheville durante este tiempo de sucesión y guerra, y especialmente para todos los comerciantes y aquellos que deseaban recibir y enviar bienes hacia y desde la región, era que el ferrocarril no se había completado ni a través de Old Fort – Black Mountain ni desde Spartanburg. Esto significaba que la línea ferroviaria vital de Asheville llegaba desde el oeste, desde Knoxville y, a medida que se extendían las vías, también se extendía hacia el norte hasta Virginia. Cuando los simpatizantes yanquis y más tarde el Ejército de la Unión capturaron Knoxville, entonces controlaron la línea, que estaba en constante deterioro por ataques destructivos y reparaciones en ambos lados. Asheville tenía que ser atendida por carreta desde el este, y la cordillera de Black Mountain era empinada y traicionera, un camino de carros sin reparar que serpenteaba en una pendiente empinada, desafiando a caballos, mulas u bueyes tirando de cargas e incluso más desafiante viniendo desde Asheville hacia el este, bajando una montaña empinada. Incluso en buen clima, era peligroso, con surcos, erosiones, deslaves y rocas. Esto tendía a aislar a Asheville un poco en el movimiento de suministros dentro y fuera de la región. Había buena tierra, más suave al sur, y un camino que era mejor hacia el sur, hacia Columbia y Charleston, conocido como el camino del ganado, y se podían provisionar suministros desde la tierra baja de Carolina del Sur. Desde las montañas en el oeste de Carolina del Norte, hacia el sur, los agricultores llevaban ganado, cerdos, ovejas y cabras a mercados tan al sur como Charleston. Y más tarde en la guerra, las tropas de Carolina del Sur subieron para defender Asheville contra las tropas yanquis que venían de Knoxville.

Como propietario de una tienda de variedades, Spencer Generase, el padre de Kathy, conocía muy bien los desafíos de la adquisición de bienes para su tienda y la comunidad.

Estaba bendecido con agricultores locales para productos y muebles ligeros para vender y su relación comercial con el gran terrateniente Stamford Jackson tenía una fragua, por supuesto, para la construcción de bisagras, herraduras y otros artículos. Jackson era muy rico, construido sobre tierra y trabajo esclavo. Sus propiedades eran muchas y el negocio estaba verticalmente integrado en agricultura, minería, madera, ganado, bienes raíces y oro.

La reciente incursión de Spencer hacia el este para vender bienes a la Confederación fue ardua y tomó tiempo. Parecía haber un cierto lucro cuestionable en ello.

En el banco, el presidente Eunicle Webster se retorcía las manos y sudaba mientras el equipo de auditoría de la Comisión Estatal de Bancos, dirigido por el auditor Frank Gilmore, comenzaba a examinar las bolsas de moneda, que tenían monedas de metal de mala calidad pero estaban sembradas con monedas de oro en la parte superior. El Sr. Webster, el presidente del banco, rezaba para que esto fuera un examen superficial y que no lo descubrieran, habiendo trasladado la verdadera ubicación de las monedas de oro a la oficina legal de Johnson, Wipple Taylor y Young luego se trasladaron a una ubicación secreta en una cueva en la Reserva Cherokee. Qué pena, pensó, que el Sr. Socon Phillips había sido asesinado. Al codicioso banquero se le ocurrió que tenía la sangre de Socon Phillips en sus manos y podría ser implicado como cómplice del asesinato ya que sabía sobre ello y había contratado a Sewakehomy para asegurarse de que el lugar de la cueva permaneciera en secreto. La comprensión de sus problemas y crímenes cayó fuertemente sobre el Sr. Webster, como de costumbre, cuando se descubre a los autores.

El primer auditor llamó al supervisor Gilmore. "¡Mira!" exclamó mientras le mostraba a su supervisor las fichas de metal de mala calidad en la bolsa bajo las monedas. El supervisor Gilmore pidió al auditor que guardara silencio y llamó al equipo para examinar en silencio cada bolsa de la bóveda antes de enfrentar al presidente del banco Eunicile Webster. En el descanso para el almuerzo, el Sr. Gilmore fue a la oficina de telégrafos y solicitó un delegado estatal, que era una oficina recién nominada ya que la confederación estaba dirigiendo el gobierno ahora.

El equipo de auditoría tuvo un almuerzo tranquilo, hizo su plan y volvió al trabajo. El Sr. Webster, el presidente del banco, era la única persona nerviosa en el banco. Susan Jackson, que trabajaba para él, no sabía nada del robo de oro ni del fraude y, sin embargo, estaba algo alarmada cuando el Sr. Gilmore, el auditor, le preguntó si había un fotógrafo en Asheville. Susan, sin pensar que había algo mal, por supuesto, lo dirigió al fotógrafo y Gilmore y el fotógrafo acordaron venir después del horario del banco para tomar fotos de lo que arrojara la auditoría.

A las 4:30 pm, justo antes de cerrar, el Auditor Gilmore entró en la oficina del Presidente del Banco Eunicile Webster y le dijo que necesitaría quedarse después del horario de atención para que los auditores pudieran completar su trabajo en la bóveda. El Auditor Gilmore no indicó ninguna irregularidad en ese momento, ni anunció que el fotógrafo vendría a las cinco menos cuarto. De hecho, en pocos minutos, el fotógrafo llegó cargando su cámara. Los empleados cerraron el banco, y el Auditor Gilmore sugirió que el Presidente Webster se quedara en su oficina para no interrumpir el trabajo y evitar que se quedaran más tiempo. Los auditores y el fotógrafo comenzaron a trabajar, flash, flash, mover un conjunto de bolsas, flash, flash, tomar una nota, asignar un número de evidencia, flash, flash. Tres horas después, el trabajo del fotógrafo estaba completo y los auditores tenían sus pruebas. En ese momento, el Auditor Frank Gilmore entró en la oficina del Presidente del Banco Eunicile Webster y presentó una orden para sellar la bóveda y declarar al banco comprometido e insolvente, para ser cerrado, pendiente de una investigación adicional ya que el banco había sido malversado o robado. El Sr. Webster se puso pálido pero dijo poco, ya que no sabía exactamente qué sucedería a continuación. Como Susan se había ido temprano, no sabía nada del problema, y el Sr. Gilmore colocó un cartel en la puerta principal. Después de cerrar la puerta, colocó un sello en ella. El banco se cerró, y Susan Jackson Edgars no lo descubriría hasta la mañana siguiente. Eunicile Webster se presentó en la taberna local por primera vez en 45 años. Ordenó tres tragos de buen whisky bourbon de Kentucky y los bebió uno tras otro, para sorpresa de todos. Pagó al camarero y salió tambaleándose al aire de la noche. Aproximadamente en ese momento, el abogado George Wipple se dirigía hacia la taberna, habiendo completado un largo informe judicial en la oficina, y se encontró con el Sr. Webster. Webster le dijo al abogado Wipple que su movimiento había sido descubierto. Acordaron reunirse con el resto de la firma a la mañana siguiente y se fueron por caminos separados: el banquero Webster a casa y el abogado Wipple a la taberna.

Los auditores cenaron tarde en la pensión y luego el Sr. Gilmore verificó en la oficina del telégrafo la respuesta del Marshall Confederado y su fecha y hora de llegada. El Marshall, John D Proffitt, dijo que había estado en Columbia, SC, y que había estado cabalgando toda la noche para poder llegar a Asheville a las 8:00 am. Se confirmó.

Tracker había llegado a la oficina tribal en Oklahoma y se presentó con sus credenciales a la policía tribal allí, quienes acordaron responder las preguntas que pudiera tener sobre cualquier persona que pudiera haberse asentado recientemente en la reserva en los últimos dos años, y Tracker dio algunos detalles sobre el Asesinato de Socon Phillips y la camisa encontrada y el símbolo del clan en el clan de la Montaña. La policía prometió discreción, y hubo una enumeración tranquila de las nuevas familias que se habían mudado y se mencionó a Sewakahony y su buena fortuna al cortejar y ganar a la princesa india más hermosa de la tribu y cómo juntos habían construido un bonito rancho y una buena clínica para la gente de la reserva. Tracker preguntó sobre vagabundos, que simplemente habrían pasado por el ferrocarril y se habrían marchado. No se le ocurriría que el asesino simplemente se mudaría, se casaría y se establecería a plena vista. El consejo tribal hizo arreglos para que Tracker se quedara con un soltero de la tribu que tenía habitaciones para alquilar, y él se sintió agradecido y se acomodó para asearse antes de la cena. Era un investigador y no debía darse a conocer. Debía informar, no tomar asuntos en sus propias manos y trabajar a través de los mecanismos de las fuerzas del orden ya establecidos. El sueño llegó temprano para Tracker y su perrito. El viaje en tren había sido largo y arduo.

Todos en la comunidad de Asheville estaban sorprendidos por el cierre del banco principal de Asheville al día siguiente, especialmente Susan, que había llegado a trabajar a tiempo y estaba bloqueada. Sin embargo, el Sr. Gilmore, el auditor, estaba allí para recibirla y le sugirió que fueran a tomar un café con su equipo de auditores. Susan estaba confundida pero fue y, por supuesto, reconoció que debían haberse enterado de la irregularidad en el banco.

La Presidenta del Banco, Eunicile Webster, estaba en la puerta de la discreta firma de abogados Johnson, Wipple, Taylor y Young cuando la señorita Fanny vino a abrir la oficina. Los abogados llegaron aproximadamente media hora después ya que visitaron dos lugares para desayunar, hicieron contactos, pasaron por el juzgado para revisar el expediente y visitaron a algunos de sus clientes importantes. Pero a las 10:00 am, los abogados llegaron a sus oficinas y encontraron a la banquera Webster esperando en la sala de conferencias, donde la señorita Fanny les llevó café y pasteles, y todos los abogados se sentaron con Eunicile, y cuando la puerta se cerró, la señorita Fanny los dejó, pero arrastró una silla justo a la izquierda de la puerta para poder escuchar. Eunicile, la banquera, le contó a sus amigos abogados que habían sido descubiertos y sobre el cierre del banco. Los abogados idearon un plan para, primero, abrir una cuenta para Susan Jackson Edgars en un banco adyacente pero separado y depositar $10,000. Luego, segundo, esconder un alijo de monedas bajo su casa para ser encontrado por la autoridad que fuera nombrada para investigar el apagón. Eunicile iba a alegar ignorancia y culpar a Susan, quien era la cajera principal encargada de la bóveda. La señorita Fanny frunció el ceño, ya que esto sonaba como un plan malo para Susan y su esposo, también. Se apresuró a su escritorio para tomar notas, y los hombres se marcharon en silencio; los abogados fueron a sus oficinas separadas, y el banquero fue al magistrado a presentar una denuncia contra Susan. La mejor defensa era un buen ataque, razonó.

Capítulo 6

Ahora, debe decirse que Tracker nunca había conocido ni sabía nada de Sewakahony, el asesino de Socon Phillips. A pesar de que Tracker vive en los alrededores del límite de los Cherokee de Carolina del Norte, Sewakahony era un vagabundo. Él y su familia estaban al sur de la reserva. Además, Tracker no sabe que él era el asesino, nunca lo ha visto y no tiene una manera real de rastrear la camisa de evidencia hasta él. Sin embargo, Tracker, durante esta búsqueda, tenía un pequeño compañero a su lado en los senderos de Carolina del Norte mientras él buscaba, y había llevado a su perro Skip en tren hasta Oklahoma. A veces, tener un compañero es bueno.

Las noticias de la oficina del magistrado a la del Departamento del Sheriff viajan rápido, y el Diputado Paul Eggerton recibió la noticia de que Susan, su esposa, había sido acusada de la escasez recién descubierta en el banco. "Eso no puede estar bien", declaró y corrió a casa para hablar con Susan pero no la encontró allí. Kathy, que estaba cuidando a su hijo, Pequeño Bradley. Kathy dijo que Susan había salido de la casa alrededor de las 7:45 y que tenía que reunirse con los auditores del banco. Paul fue a la oficina del magistrado para ver quién había firmado la denuncia/orden y descubrió que fue la Presidenta del Banco, Eunicile Webster. Así que se dirigió a su casa.

Susan, mientras tanto, estaba reunida con los auditores casi en la cafetería en una mesa de esquina, de hecho, frente a la tienda. Frank Gilmore, auditor supervisor, había elegido la mesa para no levantar sospechas y poner a Susan a gusto, sentada con cuatro hombres. Quería que las cosas se sintieran casuales en este punto para poder hacer que Susan les hablara abierta y sinceramente a los auditores sobre lo que pudiera saber. El Sr. Gilmore no tenía conocimiento de la orden que había sido presentada contra Susan por la Presidenta del Banco Eunicile Webster. En su cuestionamiento inicial, Susan les contó a los auditores sobre sus deberes generales en la oficina y con qué frecuencia podría haberse auditado el oro; y, por supuesto, su supervisión era laxa y el oro era auditado de manera superficial solo por el trimestre. El auditor principal, Frank Gilmore, no mostró sus cartas ni recitó el problema de que el oro había sido robado, pero principalmente quería ver si Susan era evasiva de alguna manera o si esta era una situación de acusar a una mujer que no tenía conocimiento del robo que había ocurrido. Uno de los auditores tomaba notas sin ser notado en una pequeña libreta mientras Susan hablaba. Por supuesto, Susan estaba nerviosa por la entrevista, pero como no había hecho nada malo, fue franca y respondió a todas las preguntas de Frank Gilmore. La entrevista duró unos 45 minutos, y luego los auditores se despidieron de ella. Susan decidió que, ya que estaba en el centro sin el bebé, haría algunas compras, almorzaría y se quedaría hasta que fuera hora de que su amiga Kathy se fuera a las 2:30.

Frank Gilmore y sus hombres regresaron al banco después de que el Vicepresidente Robert Phillips los dejara entrar por una puerta lateral y comenzaron a examinar el registro de horarios y fechas en que la bóveda se abrió y cerró y quién firmó. Ya tenían una estimación de lo que se había llevado y la evidencia fotográfica. A continuación, planearon entrevistar a la Presidenta del Banco Eunicile Webster. El Supervisor Gilmore envió a uno de sus auditores con una nota escrita para que Webster se reuniera en el banco con ellos a las 3:00 pm de esa tarde. Este auditor, Charles Mitchell, se dirigió a pie a la casa del Sr. Webster. No estaba lejos.

El esposo de Susan y alguacil adjunto Paul Edgars no había encontrado a Eunicile Webster en su casa porque el Sr. Webster se escondía en la oficina de abogados de su cómplice. Aquí, los abogados habían pedido almuerzo y estaban consultando con Webster sobre su historia y lo que representar ante los auditores. Por supuesto, Webster les dijo a los abogados que había jurado una orden de arresto para Susan Jackson Edgars, implicándola en el robo.

Paul Edgars, el esposo adjunto de Susan, entró en el restaurante para un sándwich, y la camarera le dijo que Susan había estado con cinco hombres de aspecto oficial y que no tenía algo que ver con el cierre del banco. Paul no dijo mucho. Comió su sándwich y sorbió su café, pensando en su próximo movimiento, que era volver a la oficina del Sheriff para hablar con su jefe, el Sheriff Billy Wayne Weatherman.

Los abogados y Webster se regocijaban en el hecho de que habían configurado la cuenta bancaria de Susan con un poco de presión y la bolsa de monedas oculta bajo la casa. Pensaron que habían establecido una buena trampa para incriminar a Susan, y era probable que sí.

Paul entró en la oficina del Sheriff después de golpear la puerta y ser invitado por Billy Wayne Weatherman, su jefe y el alto Sheriff del condado de Buncombe. El Sheriff, que nunca perdía mucho, ya había oído hablar de lo que había venido de la oficina del magistrado. Paul se sentó, muy confundido, y el Sheriff dijo: "sabes que esto tiene que trabajarse. Pero sabes, personalmente no creo que Susan tuviera nada que ver con el robo al banco. La pregunta es qué podría haber sabido sobre ello que la haría cómplice". "Paul", dijo. "Voy a sacarte del medio en esto y llamar a un investigador especial, y te aconsejaría que Susan esté representada por el abogado Sam Kitchens Esq en la ciudad, el único abogado que no ha sido comprado". Con esto, Paul dijo que iba a casa para ver si podía encontrar a Susan y luego contactar con la oficina de abogados de Kitchens, que estaba en el lado oeste de la ciudad y sí tenía señalización. Paul fue recibido por una secretaria madura que dijo que el Sr. Kitchens lo estaba esperando, ya que el Sheriff ya lo había contactado por mensajero, y luego el abogado San Kitchens Esq. con grados de Ole Miss y Harvard invitó a Paul a entrar, estrechándole la mano y ofreciéndole un poco de buen tabaco y se sentó a hablar. Resultó que el Abogado Kitchens sabía más sobre esto de lo que Paul sabía. Kitchens había tenido durante muchos años. Conocía bien a la familia, había estado en su hogar y visto crecer a Susan. Kitchens estaba comprometido a defender a Susan y, no solo eso, a llegar al fondo de quién realmente estaba involucrado en el robo de oro. Lo primero que dijo fue: "El hombre que lanza la primera piedra suele estar equivocado, y Enicile Webster presentando esta orden con el magistrado grita eso"... "Pero llegaremos al fondo". "Paul, el Sheriff quiere que trabajes en tus casos actuales. Haz que Susan pase por mi oficina a las 11:00 en punto, y presentaré los papeles de representación. Ella tiene un pequeño niño Bradley del que cuidar y un trabajo que salvar, y tengo la intención de ayudarla",

Paul dejó la oficina de abogados sintiéndose un poco mejor. Al menos eso estaba hecho. Ahora, tenía que encontrar a Susan.

Eran las 3:00 pm, y Eunicile Webster llegó a la puerta lateral del edificio del banco para reunirse con los auditores. Se acomodaron en la sala de conferencias que los auditores habían preparado con una pizarra y un caballete, mostrando fotos de las bolsas llenas de metal falso cuando el oro había sido robado. También estaba el registro firmado de los tiempos de entrada a la bóveda y las firmas Eunicile no se sorprendió necesariamente por todo esto. Fingió conmoción y se sentó, mirando incrédulo ante toda la situación. Antes de que Frank Gilmore comenzara las preguntas, el banquero Webster comenzó a reprender a Susan Jackson Edgars e insinuó que ella había hecho esto con la ayuda de su padre, director del banco, y su esposo, un oficial de la ley, y que estaba tan seguro que había presentado una denuncia ante el magistrado. Gilmore no reveló que ya sabía eso y dejó que el Sr. Webster hablara. Finalmente, el banquero Webster se quedó sin aliento, y el Sr. Gilmore comenzó con sus preguntas. Todavía las estaba haciendo a las 7:00 de esa noche. Eunicile Webster estaba en la silla caliente, pero la línea de prueba era difícil aún de ver. Gilmore tenía más de 20 años de experiencia en estas historias y tenía las condenas para probarlo. Había puesto a un hombre a investigar las finanzas de Eunicile Webster. Llevaría tiempo, y eso era lo que el Sr. Gilmore tenía en abundancia, Webster tenía menos. A la mañana siguiente, muchas personas hacían fila frente al banco.

Como una cuestión de organización, el Sr. Gilmore tuvo que enviar un telegrama a sus autoridades, todo confidencialmente ahora, para establecer una administración judicial para el Banco. Esto fue realizado por el nuevo Secretario de Estado y la Autoridad Bancaria y enviado de regreso a Gilmore por telégrafo. El administrador designado era ya la tercera entidad de abogados en esta historia, David Potts Esq, que ejercía en Asheville, Memphis y Nueva Orleans. Esta era una firma comparable a Johnson, Wipple, Taylor y Young, pero del mismo nivel y capaz de manejar este deber. Por lo tanto, el Sr. Webster fue relevado de cualquier autoridad que pudiera tener sobre el banco, y podrían abrir mañana con personal contratado de Potts y Compañía. Lo que iban a usar para efectivo era el próximo desafío de Gilmore, pero fue resuelto con más papel moneda confederado impreso para reemplazar la moneda de oro que había estado en el robo. La siguiente pregunta era si Susan podría trabajar, ya que estaba bajo una orden de los Magistrados. Se decidió que no podría.

Capítulo 7

Tracker había informado a los ancianos tribales en la reserva de Oklahoma e instalado en sus aposentos de búsqueda, un pueblo justo al lado del área de reunión tribal. Se habían construido varios para albergar a los invitados que vendrían para ferias, rodeos y powwows, y no era una gran distracción que los invitados vinieran, en cualquier momento, para una función tribal durante cualquier semana. Ahora Skipper, el perro de Tracker, también vino. Skipper era un gran perro que Tracker había criado desde cachorro. Era de una antigua raza india, denominada el perro Carolina, que la historia nos dice que llegó con los indios paleo a través del puente terrestre hace siglos, incluso eones atrás. Similar al Dingo en conformación, este perro es de pelo corto y orejas puntiagudas, inteligente y activo y crece lo suficiente para proteger a su amo de la mayoría de los hombres o bestias. Así que Skipper, el perro Carolina, estaba conociendo las vistas, sonidos y olores de esta nueva reserva de Oklahoma, manteniéndose cerca de su amo y tratando de evitar peleas con otros perros de la reserva que tenían intenciones territoriales. Ser un extraño en una tierra extraña es difícil, y en el caso de Tracker y Spike, doblemente, pues necesitaban circular pero ser inconspicuos al mismo tiempo. Necesitaban ingresar a la comunidad y, sin embargo, no llamar demasiada atención sobre sí mismos. Así que Tracker tenía que preguntar sutilmente a los tipos desamparados de la reserva en silencio. Se sentaba junto a ellos y preguntaba sobre ellos, buscaba hacerse amigo y orientaba la conversación alrededor de la pregunta: '¿Hay alguien que conozcas que se haya asentado aquí en el último año? Y el local comenzaba y respondía, "No puedo decir que conozca," y luego Tracker dejaba el tema y sacaba algunos billetes de diez dólares y los sostenía, doblándolos una y otra vez, sin decir mucho, y el local miraba el dinero y tal vez se abría un poco... "Hubo un tipo que vino a vivir aquí, al norte del pueblo, en un pequeño rancho con la mujer más bonita de la comunidad. Tracker desdoblaba un billete de diez dólares y se lo entregaba, le agradecía y se alejaba. No presionaría a los locales pero posiblemente lo retomaría al día siguiente. Como Tracker no sabía cómo lucía el asesino, estaba en desventaja severa en este trabajo, pero tenía que ser sutil y humilde y aprender sobre la comunidad en silencio para no advertir a su presa. Unos días después, en días calurosos, secos y polvorientos en Oklahoma, apareció un nuevo cartel en el tablón de anuncios tribal ya que habría un Pow Wow la noche del sábado para celebrar la cosecha de maíz. Esto sucedía cada año, y su principal propósito era celebrar, claro, pero también pelar el maíz. Hombres, mujeres y niños de toda la comunidad tribal se reunían para el evento y, al amanecer, comenzaban los tambores. Había enormes pilas de maíz que se asignaban a cada clan de la tribu, y luego había una competencia para ver qué clan podía terminar de pelar su pila de maíz primero y reclamar el título de Campeón de la Cosecha por todo el año. De esta manera, la comunidad podía realizar un gran trabajo, y todos en el área estarían involucrados. Luego, generalmente, para las cuatro de la tarde el trabajo estaba hecho, y para las cinco, se ponía una gran variedad de comida y después de dar gracias al Gran Espíritu, cada clan comía junto y descansaba un par de horas. El Powwow comenzaría a las 8:00 cuando el sol bajaba y se enfriaba. Mujeres, niños, hombres y abuelas y abuelos se ponían algunas galas para venir al Powwow. Los peladores campeones eran reconocidos, y se daba una oración central al Gran Espíritu junto con una canción comenzando con los tambores, y el Powwow comenzaba. Había bailes hasta la una de la mañana. Los niños comenzaban primero ya que estarían soñolientos y malhumorados si tenían que esperar, y los padres y abuelos los adoraban en su espectáculo.

Tracker esperaba con ansias absorber todo esto. Estaba deseando que llegara el sábado. Mientras tanto, haría sus rondas a los marginados de la carretera y a un restaurante local para observar a la gente que iba y venía. Era viernes en el restaurante cuando la vio entrar, hermosamente impactante, alta y encantadora con su largo cabello negro y su ropa de clínica puesta. Captó la atención de todos por su belleza, pero era modesta y había venido a recoger un pedido para llevar al comedor de la clínica. Viento Sopla Cabello Sobre Su Cara, seguramente era amada por la tribu por su manera amable con la gente. La tribu la protegía inconscientemente ya que, aunque no era una reina, era amada como tal por su belleza tanto interior como exterior. Tracker contuvo la respiración. No había visto una belleza así en la costa este y estaba contento de haber tenido la oportunidad de verla. "Ahora a conocerla", pensó. Los tambores comenzaron temprano a la mañana siguiente, tambores que trabajaban despacio, y la gente estaba afuera antes del amanecer mientras comenzaba la cosecha. Mujeres, niños, padres y madres estaban todos involucrados, porque sabían que si querían comer el próximo año, este trabajo debía hacerse. Cada clan cantaba su canción de clan mientras trabajaban, y había portadores de agua que llevaban agua alrededor del maíz recién cosechado al almacén marcado para cada clan. Con las manos trabajando, Tracker se unió al trabajo, y Skipper se mantuvo justo a su lado. Ahora sucedió que Viento Sopla Cabello Sobre Su Cara y su pequeño hijo, y presumiblemente pensó Tracker, su esposo, vinieron a trabajar. Y cuando llegaron a menos de 20 pies de Tracker y Skipper, la cabeza de Skipper se levantó, olfateó el viento y comenzó a ladrar. Skipper corrió hacia el hombre y saltó sobre él, casi derribándolo. Sin embargo, Sewakahony habló con el perro y no parecía querer atacar al perro. Tracker se levantó y llamó a Skipper de regreso, quien con inquietud rompió el compromiso confrontacional y regresó con su amo. Tracker y el asesino se miraron fijamente. Ambos sabían que vendrían problemas. Tracker se mantuvo en silencio. Pero después del almuerzo, fue a la oficina del telégrafo y lo envió a Paul Eggars, alguacil adjunto, de regreso a casa: Que la orden llegue rápidamente. Y fue enviado. Paul recibió el telegrama, pero tenía problemas propios.

Capítulo 8

"¿Ir o quedarse?" era la pregunta que los tres hombres tenían que responder. Para Senemawhany, el asesino, irse mostraría culpa. Para Tracker, irse sería salirse del camino y darle al asesino la oportunidad de escapar y no ser encontrado de nuevo. Para Paul Eggars, cuya esposa Susan acababa de recibir una orden de arresto, dejarla en esa situación sería la máxima cobardía y deshonra y le costaría a su familia. Sewakahany tenía demasiado que perder si se iba. Tenía a la esposa más hermosa de Oklahoma, un agradable rancho pequeño y un hijo. Si huía, probablemente nunca podría regresar. "Además", pensó, "El perro no puede testificar". "Los perros saltan sobre la gente todo el tiempo", pensó. "No tienen nada en mi contra". Así que su decisión fue quedarse y actuar como si nada hubiera pasado. Tracker y Skipper estaban de vuelta en el Pueblo ahora y empacando. La decisión de Tracker fue no irse, sino retirarse a un pueblo adyacente por un tiempo. Esto hace que el asesino piense que se había ido y observar en sigilo regresando al pueblo por la noche y disfrazado. Razonó que el asesino no dejaría a su esposa e hijo por mucho tiempo, al menos y tal vez no en absoluto. Pero era el trabajo de Tracker permanecer cerca hasta que Paul llegara. Paul se sentó con el Sheriff y reflexionó sobre qué hacer. El Sheriff tenía que actuar sobre la orden de arresto de Susan, aunque podía demorarse un día o dos, pero estaba allí, y el Presidente del Banco lo presionaría para actuar. El Sheriff decidió que Paul debía ir al oeste, que no actuaría sobre la orden de arresto de Susan hasta que arrestara a Sewakahany por el asesinato de Socon Phillips y Paul regresara. Entonces no habría deshonra, ya que Paul estaba bajo órdenes de empleo cumpliendo con su deber, y Susan aún estaría libre. El Sheriff pensó que era probable que ella fuera inocente; no iría a ningún lado con su pequeño hijo.

Tracker fue a visitar a los ancianos del primer pueblo para agradecerles formal y generosamente por su hospitalidad. Esto era una cortesía pero también para anunciar su partida de manera lo suficientemente formal como para que la noticia se propagara por toda la reserva. Se había ido, quería que todos pensaran, y esta era la mejor manera de difundir la noticia. En el consejo de ancianos había una cuestión de ceremonia, y los miembros y Tracker tenían que realizar una oración de despedida al Gran Espíritu por un viaje seguro, fumar una pipa, y finalmente Tracker se dirigió hacia fuera del pueblo y estaba en camino a la comunidad adyacente, mucho más pequeña, donde tomaría un trabajo como obrero durante el día y espiaría un poco por la noche y sería tan discreto como fuera posible para no asustar a su sospechoso y hacerlo huir y esconderse. Tracker había pensado que se escondería primero, por así decirlo, y esa era la razón por la que se fue. Tracker quería que todo en el primer pueblo volviera a la normalidad, y también quería dejar las idas y venidas de Sewakahany para que cuando llegara el arresto, pudiera ser atrapado sin lucha y con sorpresa. Paul, el Diputado, salió de la oficina del Sheriff para empacar para el viaje después de obtener la orden de arresto. No le dijo a Susan nada de su problema inminente pero la besó para despedirse por ahora y besó a su hijo, montó en su caballo hasta la estación de tren y le pidió al cuidador del establo que lo alimentara mientras estuviera fuera. Preparado para el largo viaje hacia el oeste, Paul sintió el tren moverse y avanzar con sacudidas, y supo que se encaminaba hacia un futuro incierto. Llegaría un momento en que estos tres hombres convergerían en el mismo espacio para determinar el futuro de cada uno. Por ahora, la justicia para Socon Phillips se hubo puesto en marcha. Sin embargo, había una guerra ocurriendo fuera de esta situación, y las vidas de muchas personas se veían afectadas de muchas maneras sutiles; algunos perdidos, algunos desplazados, algunos huyendo, y muchos muertos. ¿Qué significaría la guerra para estos tres? Aún estaba por decirse.

Mientras tanto, desde el este, otro hombre subió al próximo tren hacia el oeste a Oklahoma y no llevaba una orden de arresto. Llevaba armas y cuchillos. Su misión era seguir al Diputado Paul Eggars pero no de cerca. Sin embargo, había un hombre que tenía un interés en el caso. Y mientras los trenes avanzaban hacia el oeste, con vidas y fortunas en juego, lo que estaba por venir era una incógnita para cualquiera.

Tracker y Skipper llegaron al pueblo periférico, y él se detuvo en la oficina del clan para buscar refugio. No había una casa de huéspedes en este pequeño lugar, pero tenían un desván en la caballeriza sobre los establos, y tenía una cama de paja, una cómoda y un agujero en el suelo con un cabrestante que podía subir un cubo de agua para lavarse. Había una lámpara de aceite, una jarra y un cuenco para lavarse, y la única regla era que no se podía fumar dentro. Como Tracker no fumaba, esto no era un problema. El lugar olía a heno, a caballo, a estiércol y a cuero de arneses, pero Tracker pensó que, como estaría espiando, dormiría afuera la mayor parte del tiempo. Y así, por un cuarto de noche, lo que para él era un robo en carretera, hizo las paces con eso y al menos tenía algo de refugio. Esto también encajaba bien en el disfraz de trabajador. Tracker descargó su mochila en su nuevo dormitorio para buscar trabajo. Había un tablón de anuncios comunitario, y allí se publicaban empleos. Era trabajo agrícola, trabajo en ranchos, minería o trabajo forestal. Tracker tenía para elegir trabajos duros. Eligió el trabajo agrícola para tener las noches libres y no estar demasiado agotado para hacer el espionaje que necesitaba completar por la noche y luego trabajar al día siguiente. Tracker era fuerte y trabajador, y esto provenía de una vida al aire libre y de escalar por las Montañas Blue Ridge desde niño. Al igual que David el pastor de la antigüedad, esta vida al aire libre le dio agilidad, fuerza y resistencia, por lo que Tracker estaba bien capacitado para hacer casi cualquier tipo de trabajo. Sin embargo, no estaba interesado en el trabajo minero subterráneo. Y el trabajo forestal no tenía experiencia en ello.

Tracker fue a conocer al agricultor después de ponerse la ropa de trabajador. Al llegar a la cima de la colina hacia la granja y mirar hacia el valle, vio la casa, los graneros, el ganado, los corrales y el pozo, y en el lado inferior derecho, vio que el agricultor había instalado una prensa de caña de sorgo junto al arroyo donde crecía la caña. Había un burro en el torniquete caminando lentamente en círculos mientras dos hombres metían caña entre las piedras para ser prensada, y el jarabe de caña se recogía en grandes tarros de arcilla cocida. Podría haber sido lo que parecía ahora o una escena bíblica de hace mucho tiempo. Pero Tracker ya había hecho este trabajo antes en el este, y estaba seguro de que podría ser de gran ayuda para el agricultor. Él y Skipper caminaron rápidamente por el sendero hacia donde estaban trabajando. Al llegar, Tracker comenzó a ayudar a descargar la caña, alimentarla en la prensa y darle un respiro a uno de los hombres. Le ofreció un trozo de tabaco como signo de amistad ofrecida y el agricultor notó que Skipper, el perro, estaba descansando aparte del trabajo y tenía el buen sentido de no acercarse demasiado a los otros perros, ya que no era su territorio, pero sabía que eventualmente vendrían a comprobarlo. Skipper podría pelear para defenderse si tenía que hacerlo, pero no buscaba problemas.

La tarde era bochornosa en Oklahoma, y la pausa para agua fue bien recibida por todos. Tracker volvió a estrechar la mano de su jefe, el agricultor, y conoció a los otros dos trabajadores, luego tomó una esponja que era para ese propósito y refrescó al burro para enfriarlo y ahorrarle un pequeño trago de agua. El burro pareció apreciar la atención de Tracker, y después de un rato, había trabajo por hacer antes de que el sol comenzara a ponerse. El jarabe en los tarros estaba atrayendo abejas y moscas, por lo que los hombres ataron una gasa de muselina sobre las aberturas y llevaron las ollas a la casa de ebullición para que estuvieran a la sombra. Esta operación en Oklahoma era una operación de día-noche donde la ebullición de los jarabes se hacía por la noche bajo un cobertizo abierto para que el trabajo fuera más fresco, aunque fuera todo trabajo nocturno. Esa noche, tenían ocho megatarros para hervir, que llegaban casi a la cintura y se reducirían a aproximadamente una cuarta parte del jugo de caña original. Pero había mucha caña, y la melaza que se producía era buena, de alta calidad y muy demandada, y esto representaba un beneficio adicional para el agricultor y también era buena para comer con una galleta.

Así que los hombres, el burro y los perros trabajaron hasta el anochecer, y luego la esposa del agricultor trajo la cena en una canasta para los hombres, y comieron y fumaron, y la esposa se ocupó del burro y lo hizo beber agua, lo limpió, le dio de comer, lo guardó en el establo y luego tomó su canasta y el resto del equipo de picnic y regresó a la casa donde revisaría el gallinero en busca de huevos y se ocupara de sus quehaceres. Luego, a las 2:00, se iría a dormir hasta la hora del desayuno para los hombres. Hervir y revolver el zumo de caña hasta convertirlo en jarabe era casi un arte, ya que si la temperatura era demasiado baja, no se espesaría y si era demasiado alta, se quemaría, por lo que las cosas debían hacerse correctamente y ser observadas de cerca. Luego, el jarabe se vertía en grandes tarros limpios para su almacenamiento y se guardaba en un sótano subterráneo excavado en el lado de una ladera y revestido con rocas y un grueso conjunto de puertas dobles gemelas.

Los hombres cantaron la canción de trabajo Cherokee mientras trabajaban. Se creía que estas canciones, de alguna manera, eran religiosas y pedían al Gran Espíritu que les concediera la suerte del hervor, que saliera bendito y en su punto. La canción agradecía al Gran Espíritu por el arroyo y sus orillas y por la caña y el sol y la lluvia y el azúcar en la caña. Cantaban agradecimientos por la piedra de molino y el burro y los hombres fuertes y su carreta y la esposa del agricultor y sus perros y... los gatos del granero que ayudaban a mantener a los ratones fuera de la melaza. Cantaban sobre los pasteles de maíz que estaban disponibles para poner la melaza encima. La combinación de trabajo arduo y gratitud, fe y sudor permitió a estos Cherokee tener éxito, porque el Gran Espíritu y sus hijos apreciaban el trabajo arduo y la gratitud. Y en la oscuridad, pequeños animales salvajes como mapaches y zarigüeyas y más grandes como osos y coyotes olían el jarabe hirviendo, ¡y olía bien a una milla en todas direcciones!

Mientras tanto, alrededor de las 7:00 pm hora de Oklahoma, el tren con el Sheriff Adjunto Paul Eggars llegó a Tulsa para un cambio a otro tren con destino a la reserva. Y otro tren se detuvo a medianoche. Llevaba a John Phillips.

Capítulo 9

Paul Eggars, Sheriff Adjunto del Condado de Buncombe, quien tenía una orden de arresto para Sewakahany basada en la identificación de un perro, estaba razonablemente consciente de que las autoridades tribales probablemente no arrestarían al asesino de Socon Phillips con esta evidencia y el hecho de que bajo la confederación, los acuerdos de extradición con las facciones tribales no se habían arreglado. Esto era una apuesta arriesgada en el mejor de los casos, y a Paul le preocupaba el problema del banco en casa y cuánto tiempo podría el Sheriff resistir y retrasar el proceso en la orden de Susan, sabiendo que los banqueros podrían presionar al Sheriff políticamente, pero recordó que la oficina del Sheriff era la autoridad más alta en el condado y que solo el Gobernador y el legislativo podían presionar políticamente al Sheriff y removerlo aparte de los votos. Esto no se había hecho en Carolina del Norte, y además, Billy Wayne Weatherman tenía el apoyo del padre de Susan, y tenía gran influencia no solo en el condado sino en la región y el hecho de que era director y accionista mayoritario en el Banco. Así que Paul había desembarcado del tren y fue al establo a alquilar un caballo para viajar hasta la reserva. Había sido el único verdadero rastreador, y dio su indicación con razonable claridad. Aunque incluso entonces, ni Paul ni nadie más, excepto el perro, sabían cómo se veía. En cuanto a las autoridades de la reserva, no querrían un asesino viviendo entre ellos si lo supieran, por lo que al menos estaban inclinados a escuchar. John Phillips, hermano de la víctima del asesinato, iba a llegar a Tulsa en un segundo tren alrededor de la medianoche. Como esto sucedió, él también alquiló un caballo en el establo y se iba a quedar detrás del Sheriff Adjunto y conseguir alojamiento en un pequeño pueblo justo al norte de la reserva y tratar de visitar dentro y fuera de la ciudad principal de la reserva aproximadamente cada dos días. Tampoco sabía realmente a quién estaba buscando, pero podía trabajar en la periferia de los contactos del Adjunto y eventualmente descubrir para quién era la orden. Ahora John Phillips tenía que tener una historia, y su tapadera iba a ser que quería comprar madera de los indios para la confederación y que necesitaba un guía local que lo acompañara cuando recorriera la madera si las autoridades tribales lo permitían. Emplearía a indios para hacer el trabajo de corte y transporte al cabezal ferroviario y les pagaría a ellos y a la Tribu generosamente. El hecho era que todo esto era ficción, incluida la promesa de pago, pero quería tiempo para moverse en la reserva sin recelo, y esta era una forma de hacerlo.

Ahora, el Sheriff Adjunto Paul Eggars llegó al edificio del consejo tribal y la sede de la policía al mediodía después de un viaje de dos días desde Tulsa. Quería registrarse primero con el Jefe Tribal para establecer autoridad y credibilidad, y el Jefe se sorprendió de ver a un Sheriff Adjunto de Carolina del Norte tan lejos de su jurisdicción y elemento. Pero tenía curiosidad y dejó que Paul hablara, y Paul, después de presentar una carta de Billy Way Williams y los papeles de la orden, simplemente dijo que había venido de lejos por asuntos oficiales y también preguntó dónde podría alojarse por la noche y encontrar algo de comida, pero que necesitaba saber sobre este hombre que el perro Rastreador había identificado y si alguien allí había presenciado quién era. El Anciano Tribal pensó que era ridículo, porque no se había dicho nada sobre ningún encuentro con un perro, y no lo había visto, y le dijo a Paul eso, pero una joven secretaria que trabajaba en la oficina tribal habló y dijo que ella vio al perro como si le gustara alguien, pero que prefería no decir quién era, porque estaba casado con la hermosa doncella que dirigía la clínica.

El Anciano Tribal reaccionó con asombro silencioso ya que no quería problemas para Eshanamawa, la belleza de la reserva y hábil cuidadora de la salud de la tribu. Por lo tanto, se mostró muy reservado y amonestó a la secretaria porque había hablado fuera de lugar. Sin embargo, Paul Eggars insistió en obtener información sobre esta dama, y finalmente, después de un enfrentamiento silencioso de unos 45 minutos, el Anciano comprendió que Paul no se iría, y accedió a llevar al Diputado a las autoridades policiales tribales para que se encargaran de esta situación. Como estaba justo al lado, en lugar de llevar a Paul allí, fue y consiguió a su comandante y lo llevó a su territorio, y habló con el comandante rápidamente para indagar pero retrasar, indagar sobre el Diputado visitante, pero retrasar. Así comenzó el baile en acción, un baile que se había realizado muchas veces entre el hombre blanco y los indios, y continuó durante varios días. Paul conocía el juego, y era cortés pero tenaz. En esos días desperdiciados, John Phillips se dirigió al pueblo al norte de donde se alojaba Paul. Luego, se acomodó y comenzó a hacer preguntas sobre a quién hablar para solicitar madera. Lo que esperaba hacer era que las autoridades lo presentaran y patrocinaran una reunión pública para poder contar su historia y ofrecer trabajos a los habitantes. De esa manera, podría cubrir a más personas en menos tiempo.

La providencia debe haber mantenido al Diputado Paul Eggars y a John Phillips separados, ya que después de cuatro días, las autoridades legales tribales dijeron que retendrían la orden del Sheriff Weatherman y harían que el consejo judicial estudiara el asunto y dictaminara sobre su validez. Le pidieron a Paul que telegrafiara a su sheriff ese consejo, lo cual hizo. Recibió sus respuestas: "La tribu tiene derecho a cuestionar, examinar y dictaminar sobre la orden. Pero no puedes esperar tanto tiempo. La presión está sobre otra orden aquí. Vuelve a casa ahora. Billy Wayne Weatherman, Sheriff". Paul notificó a las personas con las que había estado hablando que no podía quedarse, pero que él y su Sheriff esperaban un fallo sobre la orden en un tiempo razonable, y dejó una dirección donde se podía enviar noticias del fallo del consejo judicial y que iba a registrar la orden en Tulsa con el Estado de Oklahoma y obtener un recibo de la Tribu de que se había presentado lo que le dieron, y les dijo adiós y montó su caballo, cabalgando en la noche de regreso a Tulsa, agotado y frustrado y preocupado por su esposa y familia y por su trabajo actual y las perspectivas futuras de postularse para Sheriff. Paul cabalgó sin dormir durante la noche, acampó y durmió hasta el mediodía del día siguiente y cabalgó toda la noche de nuevo, rumbo a Tulsa.

John Phillips finalmente tuvo un día libre de su trabajo en la granja después de que corrieron todo el sorgo que tenían que procesar. John se aseó, se puso ropa nueva y se dirigió a la Oficina Tribal y visitó al Presidente del Consejo Tribal para presentar su propuesta sobre el potencial de una reunión para la venta de madera por parte de la tribu y el potencial de empleos e ingresos recurrentes. John mostró mucho respeto al presidente y presentó un plan para la cosecha de madera y el transporte en carreta hasta el ferrocarril en Tulsa. John se presentó bien y luego pidió una reunión comunitaria de personas que pudieran estar interesadas en vender madera y aquellas interesadas en trabajar para su empresa. Dio al presidente tribal una referencia bancaria de Asheville, y el presidente respondió que se enviaría un anuncio para una reunión el próximo martes a las 7:00 de la noche. John se despidió del presidente y regresó a trabajar en la granja. Mientras tanto, el presidente redactó el anuncio, y un lugar donde entregó el cartel para que se exhibiera en el salón comunitario tribal, los terrenos del Powwow y otros lugares comunitarios fue la clínica que dirigía Eshamawa y que tenía un tablón de anuncios en el vestíbulo. El presidente vio el potencial en el contrato de madera para la tribu, para poseer miles de acres o, se podría decir, reclamar el territorio. El presidente se dio cuenta de que la guerra civil en el este iba a crear la destrucción de la propiedad que necesitaría ser reconstruida y el tráfico ferroviario y de barcazas que necesitaría ser reemplazado. ¿Por qué no dejar que el hombre blanco se haga la guerra a sí mismo y la tribu se beneficie de ello? Había aparentemente una preocupación placentera en esta idea sobre el conflicto del hombre blanco por la subyugación del negro, muy similar a su propia subyugación experimentada en el Sendero de Lágrimas.

El sábado, Sewakahony pasó por la clínica para ver a Eshamawa y ayudar a limpiar y llevar la basura, que necesitaba ser quemada. Notó el cartel y lo tuvo en cuenta, ya que en la parte trasera de su pequeño rancho tenía un bosque de buena madera que estaba maduro y necesitaba ser cosechado en un sistema de corte selectivo rotativo. Aunque Sewakahony obviamente no necesitaba el dinero, buscaba utilizar la propiedad de esta madera para conseguir un trabajo de capataz para la tribu o la empresa, para permitirle la oportunidad de viajar legítimamente en el ferrocarril hacia el este para comprobar en silencio su oro escondido y ver a Hosekahony, su primo, para obtener noticias y también ofrecerle un trabajo en su rancho en Oklahoma. Sentía que permanecer demasiado pequeño en su operación agrícola necesitaba ser solucionado, y con su tesoro, podía fácilmente irse o comprar tierra de la tribu. Oklahoma no era nada como Carolina del Norte en el sentido de que Carolina del Norte era verde y de suelo fértil, y Oklahoma era seco y de suelo menos fértil. Sewakahony también quería investigar la demanda de caballos debido a la guerra continua. Estaba decidido a vestirse con su traje e ir a la reunión como ganadero empresario para presentar estado para su familia y conseguir el puesto de trabajo que mejor le sirviera.

Capítulo 10

Kathy Generase estaba en la casa de Susan Jackson Edgar, y ella y Susan estaban viendo al pequeño Bradley jugar en el suelo con algunos juguetes. Kathy acababa de salir de la tienda para almorzar y había traído algo de queso y pan y una lata de duraznos en almíbar, que eran como oro ya que el ejército de la confederación había recolectado cada campo y huerto desde Georgia hasta Carolina del Sur. Estos duraznos estaban algo pasados en la lata, pero no se habían echado a perder y estaban "mmm" buenos. Incluso al bebé Bradley le gustaban, así que era un momento de paz en la casa de los Edgars. A medida que la guerra seguía, se estaba volviendo más difícil para el padre de Kathy proveerse de productos. Compensó almacenando verduras locales de las granjas Jackson y jamones y tocino curados, y tenía a algunas mujeres horneando pasteles porque había comprado a tiempo barriles de harina del norte antes de la secesión, pero justo antes.

Susan había estado sin rumbo desde que el banco había cerrado, pero ahora había reabierto bajo un receptor y ella tenía la esperanza de que pudiera reanudar su rutina de trabajar hasta alrededor de las 4:30 y salir un poco temprano para que Kathy, que estaba cuidando a Bradley, pudiera ayudar a su padre a última hora de la tarde y por las noches en la tienda. La Tienda General era el centro de la comunidad para noticias del vecindario, noticias de guerra y chismes, política y otras charlas. No fue sorpresa para Kathy cuando el momento de relajación y almuerzo de hoy fue abruptamente interrumpido por un tocar a la puerta. Susan la abrió. Había un mariscal confederado, y dijo que tenía una orden para su arresto por robo de oro del banco y una orden de registro para revisar su casa.

Parece que el Presidente del Banco, Eunicile Webster, había pasado por encima del Sheriff al establecimiento legal confederado para obtener una, a falta de un término mejor, "orden federal servida al nivel nacional". Susan fue arrestada ahí mismo, y la casa fue registrada. En la esquina, bajo unas maderas debajo de la casa, encontraron una bolsa de oro de pequeño tamaño pero con las marcas del banco y valía alrededor de diez mil dólares. Llorando, angustiada y en estado de shock, Susan fue llevada a un carro y conducida a la cárcel, pero no en Asheville. Fue llevada a Statesville en un arduo viaje, y Susan estaba tan alterada que estaba vomitando de lo enferma que estaba. El dinero habla, y el banquero Eunicile Webster había ido al más alto nivel para conseguir que esta orden se cumpliera y realizar el arresto antes de que el Diputado Paul Edgars llegara a casa. El Sheriff había retrasado demasiado la orden local, y Eunicile Webster y la firma de la ciudad con la que estaba trabajando, Johnson, Wipple, Taylor y Young, conspiraron para obtener una orden de la confederación para el banco, lo cual hicieron, aunque ellos eran los verdaderos ladrones del dinero.

Kathy se quedó con el pequeño Bradley, lo tranquilizó y comenzó a devolver las cosas a su lugar ya que los Diputados en su búsqueda prácticamente habían revuelto todo. Kathy terminó ese trabajo, luego empacó a Bradley y su ropa y cosas necesarias y cerró la casa después de dejar una nota para Paul y llevó a Bradley a la tienda, porque tenía que trabajar, y no quería quedarse más en la casa de los Edgars, y Bradley sería su huésped hasta que Paul llegara a casa y Susan obtuviera la fianza si eso era posible. Kathy pasó por el establo de su novio, Kenneth Lee Othario, y le contó lo que había pasado. Ella le pidió que enviara un mensajero al padre de Susan, Stamford Jackson, con las noticias. En ese momento, Kathy no tenía idea de dónde estaba Susan, pero sabía que Stamford no dejaría piedra sin mover para encontrar a su hija. Kenneth envió un mensajero a la casa de Stamford de inmediato. Luego, Susan caminó hacia la tienda de su padre.

Susan, después de un día y una noche de viaje constante, fue colocada en una prisión de mujeres en Statesville, le dieron ropa nueva, algo de sopa para comer y una celda solitaria por ahora. Aunque la población femenina allí no era dura, Susan estaba enferma del estómago y casi histérica y necesitaba descanso. Su celda era una típica celda de prisión de la época, y una vez que se quedó quieta y un poco calientita, se durmió como si se hubiera desmayado. En ese momento, nadie de su hogar sabía dónde estaba. Esa era una mala situación.

Paul había tomado el tren en Tulsa y se dirigía a casa. Le quedaban dos días de viaje y estaba listo para un baño, una buena comida casera, ropa fresca y ver a su hijo y amorcito. Necesitaba informar al Sheriff y al fiscal del condado, y no tenía idea de que Susan había sido arrestada y llevada. Confiaba en Billy Wayne Weatherman en su palabra, pero sabía que la orden de arresto sobre Susan tendría que ser cumplida. Pensó que tal vez con la ayuda de Stamford y la reputación de Susan, podría anular la orden. No tenía idea de que otra orden había sido emitida por una autoridad superior. No había nada que hacer al respecto allí, en el tren, así que bajó el sombrero sobre los ojos y se fue a dormir.

Susan había dormido toda la tarde y noche. Era como si hubiera despertado en un lugar nuevo y extraño. Le trajeron el desayuno. Avena aguada, una rebanada de pan y, créalo o no, ¡café! No estuvo presente, sin embargo, porque iba a ser interrogada por el jefe de la comisión bancaria a las 11:00 am. Susan disfrutó su café, porque no tenía ni idea de su inquisición.

Era martes por la mañana en la reserva en Oklahoma, y al amanecer, John Phillips se puso su traje de negocios, reunió la información de su programa y cargó tres pistolas: una en su cinturón, otra en una funda en el tobillo y una en una funda sobaquera bajo su chaqueta. "Por si acaso", pensó y ensilló su caballo para cabalgar hacia la Aldea Tribal para desayunar y hacerse ver promoviendo la reunión.

Al amanecer para Tracker, la agricultura era su trabajo con Skipper a su lado. Tracker había oído de una reunión, pero no tenía idea de quién la estaba organizando o de qué se trataba. Iba a la reunión solo para ver si Skipper tenía que reconfirmar a algún hombre en particular como el posible asesino y para escanear a la multitud. Sería una buena caminata después del trabajo para llegar allí, pero Tracker estaba invertido en su búsqueda para atrapar al perpetrador si estaba allí.

Sewakahony también estaba levantado para trabajar en el campo y ayudar a Eshamawa, su esposa, en la clínica antes de irse, ya que tenían una mejor manera de bañarse. Empacó un traje fresco de ropa, zapatos y artículos de tocador, y al abrir su cajón, agarró su reloj de bolsillo de oro y cadena. Quería parecer una especie de capataz y un poco próspero, aunque el reloj había sido conseguido a través de ganancias ilícitas. Tenía hermosos grabados en relieve de una escena de caza en el bosque con el cazador y su rifle y un ciervo a lo lejos. Era un reloj de última generación con estuches de oro puro, y era muy llamativo. La cadena era ancha y plana y también de oro puro. Era una pieza agradable que llamaba la atención cuando se llevaba en un chaleco.

Eshamawa estaba trabajando en la clínica. El énfasis de hoy era en dar vacunas e inoculaciones para las vacunas de los niños para el próximo período escolar. El otoño pasado, tuvieron un brote de sarampión en la reserva, y Eshamawa había solicitado al tribu fondos para la vacuna contra el sarampión de este año. Esto era algo nuevo y tenía muchos prejuicios que superar en la administración de estas vacunas. A medida que avanzaba el día, todos en la reserva estaban ocupados con su talento particular, tejiendo, cultivando, minando, haciendo medicina, cuidando rebaños, y cuando el sol comenzaba a ponerse, Sewakahony entró en la clínica para limpiarse y vestirse para la reunión. Su traje era del estilo de un hombre blanco, gris azulado con una camisa blanca, corbata, chaleco, cadena de reloj y reloj colgando de la cadena.

Eshamawa se cambió de su atuendo médico a un bonito vestido fluido, y formaban una pareja bastante atractiva mientras se dirigían lentamente a la casa de reuniones cuyas luces estaban encendidas, lámparas que eran, y muchas personas habían venido a escuchar sobre la nueva oportunidad de Riqueza Tribal. El Jefe saludó a todos, y el presidente de la Junta de Ancianos Tribales presentó a John Phillips, a quien ninguno de nuestros amigos del este había conocido, ni Tracker, ni Sewakahony, ni Skipper, y por lo tanto, este extraño para todos allí para explicar cómo las tierras forestales de la tribu servirían al esfuerzo de guerra confederado y se convertirían en una industria sostenible para la tribu.

John Phillips habló y actuó bien, y la reunión fue productiva, con preguntas y respuestas. Tomaron un descanso para tomar refrigerios, y John se colocó en el área de refrigerios para hablar con cada persona que asistía. Fue cuando Sewakahony y Eshamawa se acercaron que primero se sintió atraído por la belleza de Eshamawa, y luego, al conocer a su esposo, espió el reloj de bolsillo. Había sido de su padre. ¡Había sido pasado a su hermano Socon! Lo reconoció, y su cerebro, trabajando horas extras, se dio cuenta de que había conocido al asesino de su hermano. Sin perder tiempo, sacó su pistola y disparó dos tiros en el pecho izquierdo de Sewakahony. Luego salió con calma de la multitud sorprendida, huyó hacia su caballo y cabalgó hacia el sur, lejos de la ruta predecible que uno pensaría que tomaría. Eshamawa rasgó su slip en la parte inferior para tratar de tapar la hemorragia y buscó brindar primeros auxilios. Ordenó a algunos hombres correr, buscar la camilla de la clínica y traerla. La policía tribal se desplegó en todas las direcciones buscando rastrear al perpetrador, pero ya era de noche, y dado que la comunidad había llegado a esta reunión a caballo y en carreta, había una mezcolanza de huellas, y era difícil en la oscuridad discernir hacia dónde había ido John Phillips. Dos valientes se alejaron del área y comenzaron a cabalgar lentamente en un gran círculo alrededor del pueblo. Estaban buscando un conjunto recto de huellas que condujeran en una dirección. Otros valientes se dirigieron a los lugares obvios, hacia Tulsa en el este, hacia la estación de tren y hacia el oeste a una línea de estación de diligencias. Sin embargo, John Phillips se dirigía hacia el desierto alto del sur. Había planeado su escape y se dirigía al sur hacia Luisiana y un barco de paleta oceánico donde tenía pasaje reservado a Bermudas.

Los hombres trajeron una camilla con ruedas para ayudar a Sewakahony, y Eshamawa lo colocó sobre una mesa y comenzó a trabajar. Ya estaba escupiendo mucha sangre. Ella comenzó, después de sedar a su paciente, a examinar los agujeros de bala en busca de los proyectiles. No había garantía de ningún milagro esa noche. El tirador estaba suelto en

John Phillips, y el asesino estaba en peligro, atendido por una esposa modesta. La vida y la muerte para ambos estaban en juego. Tracker comenzó una búsqueda lenta y metódica alrededor del edificio con Skipper cazando un olor familiar. No fue hacia el tirador que el perro llevó a Tracker. Fue hacia la clínica. Suficiente, pensó Tracker. Este hombre es el asesino. Lástima que un perro no pueda hablar ni testificar. Pero John Phillips podría hacerlo si viviera para ver la costa este de América de nuevo.

Capítulo 11

Después de cinco días de viaje, Paul, el esposo de Susan y diputado, llegó a casa desde Oklahoma. Estaba abatido y necesitaba bañarse y cambiarse de ropa y algo de buena comida, y estaba deseando ver a su familia, recuperando el tiempo perdido. Bajó del tren y cabalgó hacia el pueblo cruzando la colina, por el camino hacia Asheville con anticipación y esperanza de una bienvenida de Susan y Bradley y una buena comida casera. Llegó a su casa, y nada se movía, entró y encontró la casa tan silenciosa. Después de viajar en tren durante días, el silencio era palpable y mientras caminaba por las habitaciones, las cosas no estaban colocadas donde normalmente estaban. Lo asimiló todo preguntándose. En la mesa de la cocina, encontró la nota de Kathy y el arresto de Susan. Se olvidó de su hambre. Se olvidó de su ropa. Cerró la casa con llave y fue directamente a la oficina del Sheriff. Sorprendiendo a la secretaria del Sheriff por lo mal que se veía, pasó de largo y atravesó la puerta abierta de Billy Wayne Weatherman. Weatherman se levantó y miró a Paul, algo disculpándose, pero saludó, y Paul informó sobre sus hallazgos en la reserva sobre cómo había cumplido la orden, cómo la tribu lo había demorado, y cómo estarían esperando la decisión del consejo judicial. Luego, con toda cortesía, hizo la simple pregunta: ¿Dónde está mi esposa? El Sheriff abrió su cajón superior del escritorio y sacó la orden de arresto para ella. No la había cumplido ni actuado sobre ella. Había mantenido su promesa. Pero por falta de mejores términos, dijo que el banquero que había tirado había obtenido una orden federal más alta, lo que llamaríamos una orden federal en los días normales antes de la secesión, y que un Marshall en la Confederación la cumplió, arrestó a Susan en el acto y la llevó a algún lugar, no seguro en este momento. Paul dio un par de vueltas y se puso los ojos malvados y decidió. "Ayúdame a encontrar a mi esposa", dijo y se inclinó sobre el escritorio mientras recuperaba el aliento. Ambos se sentaron para decidir por dónde empezar. El Sheriff decidió enviar un telegrama al Gobernador para pedir ayuda en la situación y luego hacer averiguaciones en cada condado al este de Asheville para cada Sheriff. En un tiempo de solo telégrafos, esto tomaría algún tiempo, ¿con la guerra en curso?

Paul agradeció al Sheriff y se fue, dirigiéndose a la tienda general para ver a Kathy Generase y a su hijo Bradley. Kathy le explicó a Paul lo que había sucedido. Ella recordaba el nombre del Marshall, así que Paul tenía al menos eso a lo que aferrarse, y Bradley abrazó a su papá durante treinta minutos y con la honestidad de los niños, dijo: "Papá, apestas". Paul se rió y dijo: "Voy a tener que hacer algo al respecto". Ambos se dirigieron a casa, y Paul sacó agua para un baño, y simplemente metió a Bradley en la tina con él y ambos se lavaron. Luego fueron al café para una buena comida. Una vez fortificados, llevó a Bradley de regreso a la tienda general ya que Kathy había preparado una cama para Bradley en la trastienda, y con un baño y la barriga llena, Bradley estaba listo para echarse una siesta. Paul se apresuró a regresar al Departamento del Sheriff. Tenía un plan para pedir permiso para cabalgar hacia el Este y hacer averiguaciones. El Sheriff le dio permiso por una semana y el fin de semana para estar ausente en esta búsqueda, así que Paul se registró con Kathy y se fue a casa para empacar para una búsqueda extendida.

El Sheriff Weatherman pasó el resto de la mañana en la oficina del telégrafo, y el operador quemó los cables, enviando mensaje tras mensaje a cada sheriff en todos los condados al este de Asheville. Kathy Gererase le había dicho que el Marshall parecía auténtico y que había diputados con él, así que el Sheriff envió telegramas a todos los Marshall que conocía.

Paul se dirigió al este. Pasó tres días deteniéndose en cada aldea, cada pueblo, cada juzgado, cada oficina del Sheriff y cada cárcel buscando a Susan. Tenía una foto de ella, mostrándola a cualquiera que escuchara y mirara. Finalmente, después de zigzaguear de arriba abajo desde la carretera central, se detuvo en Salisbury, que era el siguiente en su lista y habló con el Alcaide de la Prisión. Paul fue convincente porque llevaba su uniforme y sus credenciales y el Alcaide dijo: "¡Sí! Tenemos a tu esposa. Está arrestada por robar del banco en Asheville, y el Marshall tiene la evidencia para probarlo." Paul dijo: "Entonces, ¿cuándo es su lectura de cargos y cuál es su fianza?" Luego pidió verla, y lo llevaron a su celda. Ahora hubo una reunión de queridos raramente vista de esa manera en América del Norte. Y así, entonces Paul fue directamente a la estación de telégrafo y envió un mensaje al Sheriff, a Stamford Jackson y a Kathy Generase sobre dónde estaban, que Susan estaba relativamente bien, y que Jackson y su abogado debían ir a Statesville inmediatamente para que Susan pudiera ser procesada y se estableciera la fianza. Esto había durado lo suficiente. Paul se quedó allí con Susan tanto tiempo como le permitieron.

Fue una espera de un día y una noche, y Stamford Jackson y su abogado representando a Susan se presentaron donde Paul se estaba quedando en una pensión en Salisbury y los tres fueron al juzgado para reunirse con el fiscal para preparar la lectura de cargos y establecer la fianza. Tomaría algo de tiempo porque el juez no celebraría la corte hasta dentro de seis días. Esto creó un problema para los tres hombres, incluida Susan. Paul sabía que tenía que reportarse de nuevo en Asheville en su trabajo, y el Sr. Jackson y el abogado podrían esperar posiblemente trabajando en otras cosas, como entrevistar a Susan para su defensa mientras esperaban que el juez llegara y celebrara el tribunal de acusación. Esto es precisamente lo que hicieron Stamford Jackson y el abogado. Se reunieron con Susan cada mañana y noche por tiempos de dos horas al día y revisaron cada detalle de su trabajo en el banco, la situación con la supervisión de la bóveda y las acciones de Eunicile Webster. Además, el abogado presentó una moción para un cambio de sede de regreso al tribunal en Asheville, aunque no creía que la moción prosperara.

Mientras tanto, Paul llegó a casa y recogió a Bradley, lo asentó en casa y se quedó dos días con él con el permiso del Sheriff, luego hizo que Kathy viniera durante el día a su casa para cuidar a Bradley. De esta manera, pensó que sería menos traumático para el pequeño.

Paul llevó su caballo al establo para herrarlo nuevamente ya que había viajado lejos. También hizo que lo lavaran y cuidaran, le dieran buen grano y heno, y descansara unos días. Alquiló un caballo con su dieta de oficial y cabalgó hacia Cherokee para ver si podía encontrarse con Tracker y alguna noticia de Oklahoma.

Recogiendo entre las rocas en el desierto del sur de Oklahoma, o país seco como lo llamaban los lugareños, John Phillips estaba avanzando hacia el sur, moviéndose de noche y descansando de día, dirigiéndose a Nueva Orleans mientras compraba provisiones en el camino en cada pequeño pueblo que pudiera encontrar. Había planeado esta parte de una fuga, y los indios estaban en desventaja porque él tenía un buen par de horas de ventaja. Buscó una ruta hacia el sur con lechos de arroyos secos, que eran rocosos y difíciles de rastrear, y a veces, puso almohadillas de gamuza sobre las herraduras de los caballos para no dejar marcas en la arena o las rocas. No encendía fuego ni de noche ni de día, vivía de galleta dura y agua de pemmican, y en cada pueblo, compraba un Jim Beam para fortalecerse. John Phillips estaba haciendo buen tiempo, y dado que había usado un alias con la tribu, aunque habían dado la voz en la balacera, era el nombre equivocado, y la tribu no sabía la diferencia.

Finalmente, llegó el jueves y el Juez y el juicio de arraigo para Susan y su padre, Stamford Jackson y su abogado. El Juez llamó al orden del tribunal, y el Alguacil llamó al tribunal a sesión. Luego, el juez leyó la orden y acusación y preguntó a Susan cómo se había declarado. Susan respondió no culpable, y el juez concedió un cambio de sede a Asheville porque allí estaba toda la evidencia del robo. Debido a que Susan tenía un pequeño hijo y probablemente no representaba un riesgo de fuga, el juez fijó la fianza en $100,000, y Stamford Jackson contó esa cantidad en dinero confederado, obtuvo su recibo, y él y el Abogado contrataron un carrito, ataron sus caballos en la parte trasera y se dirigieron al oeste de regreso a casa. La fecha del juicio debía fijarse un mes después. Se le asignó a Susan registrarse una vez a la semana en la Oficina del Secretario del Tribunal del Condado de Buncombe, y estaba libre pero bajo fianza hasta el juicio. El abogado dijo que tenían mucho trabajo por hacer. Paul se unió a ellos a su llegada a casa, y fue un dulce aleluya tener a su familia en casa esa noche a pesar del próximo juicio y las dificultades.

Con Susan en casa para cuidar de Bradley, Kathy Generase tuvo tiempo para una cita con su compañero, Kenneth Othario, quien dirigía el establo y tenía acuerdos adicionales con el Norte y el Sur para proporcionarles caballos como reemplazos por los perdidos en batalla. Kenneth era muy dulce con Kathy, y no habían salido en dos semanas desde que Susan había estado bajo arresto. Había un baile de granero hacia el área de Biltmore, y decidieron que algo de buena música y baile podría ser un buen preludio para el romance más tarde en la noche, caminando a casa y parando para besarse en el camino. La esperanza brotaba eterna en la imaginación de Ken, pero Kathy tenía tantos amigos de la tienda que tenía que ser más recatada con tales cosas y proteger la reputación de su familia, por lo que esto terminó siendo típico para la cita victoriana de la época de la que nadie sería crítico. Kenneth esperaba que su comercialización de caballos para los esfuerzos de guerra de ambas partes le beneficiara lo suficiente como para comprar una pequeña rancheta justo en las afueras de la ciudad y estar listo para acercarse al padre de Kathy para pedir permiso de la manera tradicional, pidiendo permiso para casarse con Kathy. Y Kathy conocía estos planes y se mantuvo al lado de Kenneth, porque amaba al hombre que olía a caballos porque él la amaba y trabajaría día y noche para demostrar su amor por ella.

En Oklahoma, Senakahony estaba luchando por su vida bajo el cuchillo operativo de su esposa, Eshamawa, en la clínica. En su apresuramiento, notó bajo su brazo izquierdo un tatuaje muy pequeño, que no había notado en sus encuentros amorosos. Era un círculo con una V invertida boca abajo y dos líneas onduladas sobre él. No sabía lo que significaba, y se prometió a sí misma preguntarle si vivía...

Capítulo 12

Llegó el día en Asheville para que comenzara el juicio de Susan. Parecía un juicio de David contra Goliat con Stamford Jackson y su abogado que defendía a Susan y el Fiscal del Distrito respaldado por los Bancos procesando el caso.

La selección del jurado tomó dos semanas, ya que muchas personas tenían cuentas en ese banco, y todos conocían a Susan, por lo que la mayoría del jurado no vino de la sección del centro de Asheville, sino de Weaverville y del condado de South Buncombe. El grupo del jurado estaba compuesto principalmente por hombres y mujeres mayores, ya que los hombres jóvenes se habían ido a la guerra. Había principalmente agricultores, trabajadores calificados y mujeres del campo en el jurado. Pero Susan, como chica de la ciudad, ahora confiaba en ellos porque había crecido en el condado. Los principales testigos de la acusación fueron el presidente del banco, Eunicile Webster, y el vicepresidente, Robert Phillips, que no era pariente ni de Socon ni de John, un hombre que había llegado al banco desde otro banco en el este. Aunque había admirado la belleza de Susan desde lejos, no tenían mucho intercambio en el trabajo porque él estaba principalmente en préstamos y cobros. No manejaba asuntos de la bóveda y básicamente era el banquero de préstamos de tierras allí. Por supuesto, había cajeros que habían trabajado bajo el mando de Susan y los auditores de Raleigh, y por último, pero no menos importante, la señorita Fanny de los despachos de abogados de Johnson, Wipple, Taylor y Young había contactado a Stamford Jackson y su abogado y declaró que tenía testimonio a favor de Susan. Susan accedió a testificar. Testificó que no sabía nada durante ocho horas y ocho horas al día siguiente. Luego, cada cajero testificó, y fueron neutrales, no defendieron a Susan pero tampoco la acusaron. Obviamente, tenían miedo por sus empleos. El mariscal confederado federal testificó haber encontrado la bolsa de oro debajo de la casa de Susan y Paul y la cuenta bancaria al otro lado de la ciudad. No parecía favorable para Susan, pero finalmente fue el turno de la señorita Fanny para testificar.

Ahora, el mariscal había presentado sus pruebas contra Susan. Eunicile Webster y todos los cajeros habían testificado, y eran bastante neutrales, pero como ya dijimos, estaban asustados. Había huellas dactilares de Susan entre las bolsas en la bóveda que habían sido alteradas. La situación parecía sombría. Entonces, la defensa llamó a la señorita Fanny del bufete de abogados Johnson, Wiple, Taylor y Young. Con su pequeño traje y su pequeño sombrero, llegó tambaleándose desde el pasillo hasta el estrado de testigos, apoyándose en un bastón, pero sus ojos estaban azules y brillantes como luz en la oscuridad. El alguacil se detuvo para tomarle juramento, y ella levantó su pequeña mano en alto y dijo que juraba solemnemente decir toda la verdad, que Dios la ayude. El abogado defensor de Susan le preguntó cómo conocía a Susan, y ella admitió, incluso afirmando, que eran buenas amigas, que era amiga de la Sra. Jackson y que había conocido a Susan desde que nació. El abogado de Susan preguntó si Susan la había visitado en su oficina, y ella estuvo de acuerdo en que sí. Y luego la señorita Fanny sacó su pequeño cuaderno de su bolsillo y dio la fecha exacta y la hora en que Susan había entregado una nota al Sr. Johnson en la primavera del año anterior. Le pidió al juez si podía contarle al jurado lo que sabía sobre este caso, y mantuvo con ella sus notas del día y la hora en que Eunicile Webster, la presidenta del banco, había acudido agitada a reunirse con los abogados del bufete y que la señorita Fanny admitió haber escuchado la reunión y que iba a contarlo todo porque Susan era una buena persona y no merecía ser inculpada por algo que no cometió, y sus notas probarían que en esa fecha y en esa fecha y horas el bufete y la presidenta del banco habían conspirado justo después de la secesión de Carolina del Norte para sacar el oro de la bóveda del banco y moverlo a un lugar que ella no sabía dónde. Luego vinieron los auditores, aproximadamente un año después, y en esa fecha, el Sr. Webster y los abogados tramaron inculpar a Susan por el robo que ellos habían cometido, para lo cual Socon Phillips proporcionó el transporte y nunca regresó. La señorita Fanny leyó de sus notas, en las cuales el bufete planeó y ejecutó la creación de la cuenta bancaria para Susan al otro lado de la ciudad y el escondite de la bolsa de oro debajo de la casa de Paul y Susan.

La señorita Fanny, con sus buenas notas, respondió bien al contrainterrogatorio del fiscal, y como no había más testigos, el caso pasó al jurado. Susan, Paul y Stamford Jackson esperaron el veredicto con su abogado, quien les aconsejó a todos que almorzaran. La señorita Fanny fue al bufete de abogados y pidió a un asistente que la acompañara, entregó sus llaves y limpió su escritorio. Salió silenciosamente de la firma que había servido durante casi cincuenta años. Luego se unió a Susan y al grupo en el restaurante para almorzar sin decir una palabra más sobre el caso. Después del almuerzo, Paul y Susan pasaron a ver al pequeño Bradley en la tienda general y a hablar con Kathy, luego se apresuraron al juzgado para esperar el veredicto del jurado. Llegó tarde esa tarde, alrededor de las 4:30. El juez amonestó: "¿Cuál es su decisión?" Cada jurado fue encuestado individualmente. El presidente primero respondió: En cuanto a la acusación de robo de dinero del banco, "NO CULPABLE". Para cualquiera de los cargos periféricos, no culpable. Por supuesto, la familia y la comunidad estaban encantadas, y respiraron un suspiro de alivio por la vindicación de Susan Jackson Edgars. La comunidad consideró a la señorita Fanny como una heroína, y el sheriff encontró un lugar para ella en sus oficinas como diputada emérita y procesadora legal de garantías y documentos de esa naturaleza.

Susan fue liberada al sol de su comunidad, y al mes siguiente, la señorita Fanny vio órdenes de arresto para Eunicile Webster, los abogados Johnson y Wipple y Taylor y Young por robo de dinero del banco. También recibió una adjudicación de la tribu Cherokee en Oklahoma que se negaba a honrar la orden de arresto de Sewakahanee basada en las pruebas circunstanciales del perro Skipper. La carta no abordaba si estaba vivo o muerto.

En abril del año siguiente, la señorita Fanny recibió un paquete de las Bermudas en la oficina del sheriff. Era de John Phillips, quien había presentado una declaración jurada de que Sewakahony había matado a su hermano Socon no solo porque el perro estaba interesado en él sino porque había estado usando el reloj de Socon, y esa era la razón por la que le disparó. El paquete contenía el reloj como evidencia y la declaración jurada.

Tracker había regresado desde entonces a la Reserva en Blue Ridge con Skipper. Él y Paul se encontraron varias veces. El reloj provocó nuevos cargos contra Sewakahony, que Paul tenía la intención de hacer cumplir ya que era el nuevo sheriff, habiendo ganado las elecciones cuando Billy Wayne Weathererman renunció al completar su mandato.

Capítulo 13

Susan consiguió un trabajo como presidenta de otro banco al otro lado de la ciudad, y se fijaron juicios para el presidente del banco, Webster y los abogados. Bradley cumplió cuatro años y se enteró de que podría tener un hermanito o hermanita, y se presentaron cargos de complicidad por asesinato contra el Sr. Webster, Johnson, Wipple, Taylor y Young.

La guerra continuó, y las escasez comenzó a afectar a la gente de Asheville y sus chicos regresaron, algunos mutilados, algunos muertos, algunos triunfantes. Hubo batallas esporádicas de guerrilleros que venían de Knoxville. La guardia nacional y las tropas de Carolina del Sur llegaron para defender.

La comunidad se mantuvo unida a pesar de todas estas cosas, y de manera exitosa, tras el arduo trabajo de su amado Kenneth Othario, Kathy obtuvo su anillo.

www.ingramcontent.com/pod-product-compliance
Lightning Source LLC
LaVergne TN
LVHW050602160826
845677LV00011B/2427

* 9 7 9 8 8 9 6 9 1 5 3 6 2 *